夜晚比白天明亮

叶　美　主编

江苏人民出版社

图书在版编目（CIP）数据

夜晚比白天明亮 / 叶美主编 . —南京：江苏人民
出版社，2018.12

ISBN 978-7-214-23023-2

I.①夜… Ⅱ.①叶… Ⅲ.①诗集 - 中国 - 当代
Ⅳ.①I227

中国版本图书馆 CIP 数据核字（2018）第 289502 号

书　　名	夜晚比白天明亮	
责任编辑	唐爱萍　张延安	
出版发行	江苏人民出版社	
地　　址	南京市湖南路1号A楼，邮编：210009	
网　　址	http://www.jspph.com	
制　　版	北京大观世纪文化传媒有限公司	
印　　刷	三河市天润建兴印务有限公司	
开　　本	787毫米×1092毫米　1/32	
印　　张	7	
字　　数	90千字	
版　　次	2021年3月第1版　2021年3月第1次印刷	
标准书号	ISBN 978-7-214-23023-2	
定　　价	68.00元	

（江苏人民出版社图书凡印装错误可向承印厂调换）

目 录

夜晚比白天明亮

戴潍娜

　　戴潍娜，诗人、青年学者。毕业于牛津大学。荣获 2014 中国·星星诗歌奖年度大学生诗人、2014 现代青年年度十大诗人、2017 太平洋国际诗歌奖年度诗人。出版诗集《我的降落伞坏了》《灵魂体操》《面盾》等。翻译有《天鹅绒监狱》等。2016 年自编自导戏剧《侵犯》。主编诗歌 mook《光年》。现就职于中国社会科学院。

临摹

方丈跟我在木槛上一道坐下
那时西山的梅花正模仿我的模样
我知，方丈是我两万个梦想里
——我最接近的那一个
一些话，我只对身旁的空椅子说

更年轻的时候，梅花忙着向整个礼堂布施情道
天塌下来，找一条搓衣板儿一样的身体
卖力地清洗掉自己的件件罪行
日子被用得很旧很旧，跟人一样旧
冷脆春光里，万物猛烈地使用自己

梅花醒时醉时，分别想念火海与寺庙
方丈不拈花，只干笑
我说再笑！我去教堂里打你小报告
我们于是临摹那从未存在过的字帖
一如戏仿来生。揣摩凋朽的瞬间
不在寺里，不在教堂，在一个恶作剧中
我，向我的一生道歉

贵的

面对面生活久了
好比
平躺在镜面上去死

卧室的镜子一定要买贵的
它决定了你自以为是的形象
家中的男人也一样
这些虚构之物，帮我们订正自己

鞋子一定要买贵的
人一辈子不在床上，就在鞋上
它必须高跟，且有本事典雅地磨出血泡
正因为你付出了这许多
才能收获我如此多的痛苦

床也一定要买贵的
跟鞋子不一样，你不能对死亡吝啬
什么时候做爱？
——每当想死的时候

枕头当然也要贵的
万一做梦太认真、太严肃
还能摔到现实比较丰满的部位

书架则要又贵又乱
贵得，让人有胆气穿过群书垒起的森严高墙
乱得，最好能塞进一打姑娘

玉石、古玩、钱币、艺术品统统要买贵的
我不用了解你
爱你就好了

请问：你脑子里都是这同一类事情吗？
当然不是，如果一直反省一类事，那是一个学科
恭喜，你已经建立了关于前男友的一门学科

那好吧，反省一定要贵
但不能太深刻，否则药丸
我每天对着镜子面壁
我每天对着男人面壁
……

知识的色情

你的后背不曾跟我的脚踝亲热
我的肩胛骨从未触碰你的腰窝
二十年在一起，我不认识你
就像不认识我的房间，
和家门口的三尺土地——
它的体温，我的赤脚从未体会
隔着词语，隔着网络，隔着逻辑
我们认识世界的方式，如同一场禁欲
我爱上的全是赝品

我从未尝过泥土，从未舔过雪冻
我这一副身体不够来爱这世界
可我依然活着，依赖种种传言
流连他们口中一天比一天更可爱的蓝
罔顾启示录里一年年延迟的末日时间
盲目幸福着，如草原上一只獴苍凉的小背影
只一次机会，造访这宇宙的深情
它汗腺和血液中的冰川，抵御——
那来自知识的色情

而最终用一首诗打发掉这些

如表演中的无实物练习

我再一次辜负你

泳池里的双簧体

不忍猝目——

最好的时代与最坏的时代一道

在文明的体液中游泳

过去与未来相互浸污

思想只是脑海这座更小的泳池中的游泳者

她可以身着僧袍、军装、囚服，或者任何不合时宜

起床号一响，有人为全人类的设计大纲奋笔疾书

他的室友此刻用同志的鲜血粉刷墙壁

顺便油漆初夏新生的嫩叶

伟大的设计师起身离开书桌

眼见一个崭新世界——连锅也给漆红了！

可惜隔壁的主妇昨夜被捕

烟圈儿是她的恐怖身份证

湿婆前一夜之间跪满郎情妾意的骷髅情侣

抱怨怎不多添一条：无牺牲者无权繁衍

超载的头颅亟需出水换口气

留给民主马达制造的万千气泡去解决问题

当优生学的尸体被丢进顶楼的水箱

后代们就寄居在污染的水中太平度日

阳光下每一只毛孔里爬出的私欲

是极权的另一种表达方式

若有违抗

剥夺生育权力终身

炒雪

喜欢这样的一个天
白白地落进了我锅里

这雪你拿走，去院外好生翻炒
算给我备的嫁妆
铺在临终的床上

京城第一无用之人与最后一介儒生为邻
我爱的人就在他们中间
何不学学拿雄辩术捕鱼的尤维亚族
用不忠实，保持了自己的忠诚
这样，乱雪天里
我亦可爱着你的仇家

用蜗牛周游世界的速度爱你

拨动时针般拨一回脑筋

我躺在林地数历次生命的动静

苔藓是赶路的蜈蚣精

白肚皮擒到它绿色的小鞋子

莫惊莫惊

每一夜的星空逃得太快

我的爱还未来得及展开

一次初吻就将我覆盖

舍不得就这样把世界爱完

如同婴儿嘴巴里的味道还没长全

爱很久要更久

我用蜗牛周游世界的速度爱你

在两次人生之间

雪下进来了

老人没有点菜，他点了一场雪

五十年前相亲的傍晚，他和她对着菜单
你一道菜我一道菜，轮流出牌
雪下进了盐罐，火锅，玫瑰旁的刀戟
他们坚信自己是世界上最年轻的人

快爱与慢爱，就像左翼与右派
他每周五去布尔什维克俱乐部
她一再严申婚后柏拉图
新世纪和雪一道掺进鹅绒被，坚固大厦
以及——心的缝隙
他们都把硬币翻过来了

还剩点时间，只够迷恋一些弱小的事物
弱小，却长着六只恒定的犄角
他一个人坐在静止的小餐馆
雪下进了火柴盒，抽屉，冰冷的尸柜
他们曾挥发在某个夏天的年轻，洁白地还回来了

挨着

神女眠着
像一所栈房，黑话进去住一阵
白话进去住一阵。一出门
乌漆的山顶，贴着脸面升起
那些最先领到雪的白色头顶

都泥醉了
良知胞妹，连五尺雪下埋着的情热
恋爱是最好的报酬
轻誓如瓜皮，爱打滑了
鬼子母出招：尝一嘴石榴
跟你家官人肉香最近，都酸甜口儿

旋过去了
年岁卷笔刀。得活着
像一首民谣，不懂得老
邪道走不通，大不了改走正道
古代迟迟不来，那就在你的时代
挨着

不殉情了。不殉美了

试一试殉鬼

争吵不断的坟地，喧嚣比世间更甚

无数个死去的时刻讨要偿还

活着的人，以一挡万

你空想的自由

时时为千百代的鬼所牵绊

今天，整个世界都是雪的丈夫

为这粉身碎骨扑赴的拥抱

启程即是归途。紫铜色的臂力

一朵一瞬地掸开

十八个白天

白天过后，白天仍不肯退位
像失眠者摸不到进入夜晚的门
一个星球的停车场，蓄足燃料
让每一刻饱和时间会隐退

自由成为自由的最大束缚。敌人
正把热烈握手行贿给相机
有谁计算过漏掉了一次夜？
一只坐等天明的
失眠夜莺必须高唱
连轴的白夜将我们从睡觉的瘾中解放
无知觉的劳役拯救我们有关不幸的苦苦推敲
真相是：真相与你没关
你看见，有个人午夜出门，头上戴了两顶帽子
你不由地猜，他去向的是夜，还是白天

悖论

我希望得到这样一位爱人——
他是温柔的强盗，守法的流氓，耐心的骗子

他的心房是一座开放的墓地
是一床月光，面庞是蘸着白糖的处方
他是我身上沉默的岛屿，是举起的白旗
是我爱过的所有诗句

绝对的爱等同于绝对的真理
以及，真理它狡黠的变形

一代人
——赠孙郁老师

一代人
活在黑信封里
灵魂压在红印章下
谁知
一个审美主义者的疲惫

没有年龄没有国籍
忧思共和国里的士大夫
从天神嘴唇上拈来词句
远处的山丘抬起头
它黑色的蚌壳张开
吐出珠贝

佛给予的礼物是随时随地的
亦如您给我的

都在朝鲜的望远镜里

他们接吻——在国境线上
他们贡献出举国的上乘帅哥
——在国境线上他们
修理发际线般，打扮起各自的天际线
已有沧桑的头颅下
是两个婴儿在决斗

哦，晚霞艳得我心痛
过早道别的人儿
在爱的集中营里
最好的被最先屠宰
留下最无情的人统治这个世界

对你所有的爱和所有的恨
都出自对你的尊重
三八线以南——以南
接吻时他们下棋，从不交谈
美丽的头颅只负责精致的吻
在一个吻里清算，告别

一切——都在朝鲜的望远镜里
民主的胯撞上了金刚山

谢谢你赏赐的痛苦
我会还你一场爱的奥斯维辛

交换

一个色衰的女人，仅一行诗陪伴

年轻时，在男人间流亡
等老了，成无人追缉的逃犯
挑个周末她跳上亡命列车
尚未进化的男人找她搭讪
"捎你一程？"她原想拒绝
但教养，是她最大的障碍
从来都是

就轻易上了当，像少女
被劫持，像有价值
女人被塞进一只巨大的绿色邮筒
躺在树的空心，驶往可怖的命运
黑暗突然光临，像石块砸下
谁被砸中，谁就是黑天赶路的玄奘
硬信封学硬汉消遣
硌得她身子处处叫
她原来一直住在暴风眼
路途太长，恐惧闷透了

她忍不住没教养地拆信
借手机微光，她将私信一封封阅读
终于过上了以为小说里才有的无耻生活

这是文明野兽最好的巢穴
听着信里的情话、俗话、蠢话
调频到尘世的交配音乐会
她不觉克服了恐惧，跟写信人纠缠
和他们骂战、雄辩，插足他人一对一的私语
她复以诗篇。这一路

海水常新，命运也时常改变主意
邮件寄送千里，但也许它哪儿也没去

她拿她的眼睛换了一首诗
又拿她的嘴角换了一个词
腐败的身体漫成纸上绚烂的色气
以为属于青春的，原来属于老年
她终于长成了一个谁也读不懂的老太太

梁小曼

梁小曼,诗人、译者、摄影师。生于深圳。译作《大海》
(〔智利〕劳尔·朱利塔长诗)《老虎的天使》(〔加拿大〕洛尔
纳·克罗齐诗选)由香港中文大学出版社和江苏凤凰文艺出版社
出版。《心是孤独的猎手》(〔美国〕卡森·麦卡勒斯长篇小说)由
南海出版公司出版。

系统故障

在谈论这个之前，能否
将你从你身上解除，就像
把马鞍从马身上拿下来
自我是一种不太先进的
处理器，它有时候妨碍你
运行更高难度的任务
但有了它，我们能解决
生活上的基本问题
身体不太健康的时候
我们能够自行去医院
能够进行简单的贸易
购买日常生活用品
促进消费，并因此得到
某种多巴胺，那有益于
我们怀着一颗愉快的心
去接近异性，安排约会
并在酒精适度的作用下
为神复制它的序列号
开始谈论前让我们
先升级这个处理器

面对浴室里的镜子

重影是代码的运行

你拥抱自己像拥抱

陌生人，你感觉不到

爱，也感觉不到欲望

这个时候，让我们开始

谈论吧，爱是什么？

爱是一个人通向终极的必经之路

终极是什么？终极是神为你写的代码

如何爱一个人？帮助他抵达终极。

那么，死亡又是什么？

死亡是系统的修复

诗是什么？

诗是系统的故障

诗是什么？

诗是系统的故障

诗是什么？

诗是系统的故障……

声音

它落在低处
城市边那条漆黑的河
周围的声音越来越高
打桩机，乌鸦飞向枯枝
沸腾的生活，污水汩汩
从管道流向我们的喉咙

你被一个声音带走
像无辜的气球
园里的兽在等候夜晚
白天使它们躁动
漆黑的河使它们躁动

你被一个声音带走
是那流水，腥味的人
所需要的一切

园里的兽在等候夜晚
是月亮洗刷这个世界
让它恢复到能被忍受的程度

世界的渡口
——在长乐路读蓝蓝同名诗集

大海在我眉心

梧桐的性情柔软

允许春光抚摸

小方桌边的百叶窗正好

这世界的渡口——

记忆回到战前

后来被剥夺的生活——

若无留声机与咖啡

它还是生活吗？

白花油女郎妩媚的笑

剧院、黄包车、洋泾浜英语

此刻，也走来一个摩登女郎

坐下对面的皮椅，从 LV 包里

拿出一部银色电脑

这世界的渡口——

疼痛
——写给 F

小鸟被活埋在沙砾中
男孩们刺耳的笑声，头顶上盘旋
犹如重型机器逼近的轰鸣
你看着更年幼的你——
我们的基因来自同一家族
沉默无声，最初的疼痛

多年后，熊熊的火光
被扑灭后，你从他平静的脸上
看不见任何悔意
我们都曾经如此渴望明亮的星
从一间灰暗苍白的屋子里升起

布偶

油红漆的窗框
被雨淋，风吹日晒
如此平常的事物
她就在那里
刺目，散发危险的
气息，林中之豹
和一盆仙人球
窗台上，无人认领
她将她带回家
剥光了她的衣服
给她洗澡，梳头
她想看布偶
没穿衣服的身体
孤独的身体
有着深红鞭痕的身体
她在她耳边说话
要将她藏起来
放在一个无人找到的
地方，代替她
过另一种生活

赵小姐

她的未来应该有浪漫和诗意
男人应该暗中念着自己
　　　　　　　　——张楚

发光的塑胶红戒指
将她引向滔天的巨浪
小船将翻，夜空的星
纷纷下坠，落向
轻薄的船身再滚入
复眼的海——

我的姐妹
那是你的第一次婚姻
身体完好如刚出厂的人偶
看文艺电影与星座运程
深夜里吐露与黑道老大的
初恋——

如今海浪溅起
打湿你的黑发，宇宙漆黑

自闭，封锁异次元的命运
若干年后，想起往事，
那些独自面对疾病、绝望
与背叛的日子，就像夜空
纷纷下坠的星——

我的姐妹，和我们一样
虔诚地期待爱的降临
却不知道，它只是星光的虚影
既存在，也不存在

梁先生

世事茫茫难自料，春愁黯黯独成眠
　　　　　　——韦应物

梁先生生于一九三六年
据说如此，有时候
他会推翻这个说法

他穿反季节的衣裳
或说，夏天穿成秋天
秋天穿成冬天，那冬天呢？
冬天他穿得像北欧人

梁先生喜食热水烫过的
煎牛仔骨，餐后必服
随身携带的维生素 B

言谈欠缺节奏感
夹带让人泄气的口音
他从不听电话
像民国人那样回信

出生那年，战火蔓延
家中私塾惨淡经营
像乱世的傅山
父亲也给乡人抓药治病

一九六一年，他失去
父亲，自己活下来了
大学为饥饿的学生
按月发放了粮票

年轻时的许多事
他很少和女儿谈起
是否有过初恋的情人
是否为父亲彻夜痛哭……

记忆如此累赘
梁先生常独坐在茶楼里
沉默不语，从衣袋掏出
钢笔，在菜单上默写
唐人的诗

南京

被压缩的时间量

将你从巨大的腹部吐出

新朝的地平线浮现

钢架结构的屋檐下弥漫着

灰白色的风景

约定的车辆迟迟不至

接应的人困在离别的楼层

我们需要危险的爱……

　　　　　　　来照亮此刻

来引发歌唱

歌唱者的抒情内心

将我们带回

那圣十字的洞穴里

微暗的火，残页被翻开

时间被默念

冬夜，覆盖着不足以没落的

银发

　　　　这一切是爱在召唤爱

歌唱孕育歌唱，寒冷感受着寒冷
年告别着年，新朝的轮廓正被
灰色的风景描绘……多少记忆在
湖底沉睡

此刻，你想起一只红耳鹎
和危险的爱，那些荒凉，孤独
遥远的事物赋予你诗歌
在这样一个时代，这样一个地方
雾霾的风景正涌向我们
而你必须将它念出

鸽子
——给平田俊子

残留的话语，像火车
驶过北方的荒原，白桦林
被飞速划出一道道阴影
停留在视网膜内所形成的
返照

"等你回了家，而我回到东京
我们依然在香港中区般咸道上
一再地相遇，每天，就像昨天
今天……"

留着樱桃小丸子的齐刘海
白衣长裙的女诗人，独自
住在东京的郊外，一个月
写两首诗，和我们一块喝酒
到深夜，比陈东东还要更早地
打起瞌睡，此时，我想起
她生于一九五五年

她澄净的眼神让我想到鸽子

会说几句英语，几个汉字
一个灰白色的，认为字竖着写更美的
鸽子

我像一个预言爱好者，许了一个
诺言，仿佛已看到未来的返照
苍穹下，一个鸽子的回旋

酒店

椭圆形的书桌一角放了我
随身携带的毛笔、砚墨和
宣纸，窗外的新界也有青山
抵达罗湖或落马洲的火车
每隔两分钟就穿过白昼
以及黑夜，却几乎是沉默的
久视让人恍惚，何况美妙的
身体正游弋在底楼的海中
你仿佛听见塞壬的呼唤
耳蜗里轰鸣，然而推门而入的
素衣女工，讲一口委婉的
粤语，她称呼他先生，称呼你
太太，要不要帮你们把杯子洗了？
你让她做最低限度的房间整理
牙刷不换，床单不理，东西无需
收拾，只要给我多添两支小牙膏
它们消耗得多，有时一天要刷四次牙
多数时候，夜晚听不见任何声音
除了通道另一头的婚房，办喜事的人们
住在一个不吉利的楼层里

多么奇怪，酒店的夜晚如此安静
你看着一堆诗集，不知道从何读起
忽然想到，十月的某个夜晚，某个荒凉的城市
某家酒店公寓里传来男欢女爱的声音

较场尾

开车从大梅沙出发
公路的左边是荒凉的山
右边，能看见白茫茫的海
我们穿过鹅公岭隧道
沿路没有什么车
较场尾也没有什么人
我们走在大海与半遮掩的
客栈之间
那些客栈有着蓝色的
白色的、粉红色的外墙
门口有趴睡的狗
没有猫。没人招呼我们
也没人阻止我们
我们随随便便地
闯入原住民的村落
酒吧、客栈和海鲜档
经过一块"艳遇高发地"的木牌
来到大海的面前
冬天阴郁苍白
大海也乏味无聊

我们举起食指和中指
拍美颜照，仿佛要证明
冬天和大海，以及我们
确凿无疑地存在着

去海边钓马鲛鱼的下午
——赠茱萸

曾经，我能在堤岸上
吹一天海风，吹得乌发潮涨
海水没过耳根的礁石

乌翅是记忆之盐
扬手，飞鸟划一道霓虹弧线
丝弦探入大海，间奏的

铃铛响起，马鲛鱼突然
梦见刺钩。远处的船头
赤膊的少年在吹口琴

此刻又有风吹过太平洋
那些银光闪闪的鱼群
何时再游过正午的海马沟

葡萄

为春夜水墨而惊讶
叙事的乌有乡
被无间奏的鸟语浸洗
你的眼睑抬起
世界此刻是极简主义的

裸睡的人有神秘呼应
大雾的修辞熟透了葡萄
母语不断返回声音
如同葡萄籽，总落入泥土

叙事的乌有乡
被无间奏的鸟语浸洗
葡萄籽的梦，从风景醒来

体面生活

他的声音
被烫金的《刑法哲学》
压得很薄
"人们在过一个奇怪的节日
戴着面具做爱"
"街上，还有松鼠吗？"
"亲爱的，它们和老年人一样
体面生活"

深居简出
度过每一个夜晚
如一棵树度过深秋

刘丽朵

刘丽朵，小说家、学者。北京大学中文系博士毕业，现任职于影视公司，著有《还魂记》《深情史》等。

神谕

在有淡红色泥沙的那条街上秋天在沉降

有携带着你的淡凉雨滴不问原因沉降

沉降在光年湿港一千尾鱼

静而且在鳞光中微笑

陡然变窄的街区演上帝之光

这里有你到处都有

每一粒碎石都得到你了

铺陈的秋天降下了你的瓦凉

花园

这园中的美景配合以每一花蕊的表情
浮现和收割它们势将凋零的蜜意
如你在镜中所见
这大片的秋风将它们卷入残照
如你在白天所见
如你以强烈的意志将它们带入夜晚

"月露之花单独生出时如女鬼之臂
红重可爱；而食人草的腐香将招惹不顾一切的痴蛾
唉，反正生命就是来来去去"

这园无限漫散终于跟地角连成一片
连叹息的天籁都不得不加到合奏当中了
被呼啸的流星击中的暂且偃伏
金黄色的抬起头而蛾白色的摇摇欲坠
你害怕看到的一瞬间的凋亡尚未出现

"月露之夕的表白，有些是讲给昨天听的
以拯救那些已经死去的时间；正在发生的时间异常垂危
也需要你的援手，快！快！

不然来不及了。用你的情话
让此刻永存。它们恐惧被扫入黑而且具体的时光之河
用你的情话救起它们，快！快！"

惯惹香蕊的蜂两腿间滴着蜜蜡
它的飞举因每一次甜美而垂坠
骨骼从它身上这蕞尔小物当中认识永恒
在无数纵横的爬行中了解虫类
如一朵花了解采蜜者全凭触觉
带走我们生命的余物吧

这园中的胜景在月露之下绽开蜜意
用黑色藏起的一切颜色仍然是艳丽的
黑的红色和黑的蓝色合奏成黑的断肠色
这说明在芳尘之下找到的两具朽骨势必也不是白色
那是蜜粉色的振翅合唱，和蜜黑色的寂静
在你镜中的花园无数眼泪成全了夜晚
适宜你用书页封存，合上它们
在你左肋转侧处传来消息：大片的秋风告别我

一〇年代社会新闻

1. 上海

那一夜的侘傺令他踬于中途
他的症瘕是他的嗛恨；他亲手
恂恂然地，用一滴水断送他的
英特。他的肝脏在死去
他在死去，委顿如伯牛
刀圭无灵，他的父亲正深怊怛
连这也不能令他劭勤——
谁也没有猜透他的破甑之心

那一夜侘傺中他在校园踱躞
神情惝恍。熟悉他的人
没有见过他的这一面，直到
他做出的事令他们愕眙却立
"这年头诸事要小心啊！"
觳觫中他们互相说道——
小心你的舍友，不然噬脐无及

2. 东莞

他在床笫间犹是蒿砧风度

跟其他客人没什么不同；他
的言谈敲缺唾壶，可惜无人懂
他拈毫伸纸，听得到隐隐弹泪声

她仿佛活在花里，红英翠叶
却遇到榛莽梗路——
这世界真正难行
匜匜中有她的惬怅，往事
不过是十八年如物的历史
经历不过是几月歌衣舞扇
这几日飘风陨箨谁看得见？

3. 南京

两下敲扑令她欸然仆地，她的顽嚚
激起蜩塘羹沸。众人指顾愕眙
她犹谯呵不止，浑不知她的颠踬
她于儚儚粥粥间已失却了未来

对一个少女的虢辱，是因为她
爱她的病女。搪撞诟谇尚嫌不足
她病瘥之后，她将永远病下去
再也听不到她的瞪然，代之以
某种啁唽。命运从此葫芦提

卖油郎与洞庭红 *

1

她在宿醉中被泼一身的
酒，这才清醒过来
有人背叛了剧本
她的手扪向绝无新鲜感的
裸体，撕下一片肉芽
紫色的面膜将她推向紫色的夜晚
黑色的面膜将她推向黑色的
夜晚
泼向她的也许是
半瓶橄榄油沿着她的长发滑下
让她油淋淋
油挂在琥珀色的臀上
她的脚趾要涂指甲油
甘油是化妆水的成分，而硝酸甘油
在流泪时救她的命

没有卖油郎怎么行?

2

革命中人们称她为受损的

妇女，称他是小工商业者

这太有高度概括性。她的
职业养活一个班底
大姐儿给她梳头
干娘安排钢琴课
采购专员出去买东西
司机兼任保安的职务

革命把他们变成
男同志和女同志
她十九岁而他二十三
像刚出生一样赤裸相见
"王美和秦重——"
"好好改造你们的思想——"

3

可秦重还是胡思乱想着

作为一个书生秦重挣扎在主体性与物质之间
对权力和经验想得不少也有很多次
将现象学的牙膏挤进临睡前的晚祷
"一具破损的肉体因为被进入太多次而破损"
他一边刷牙一边想，"病毒入侵，
也许是 AIDS"

"肉体就是肉体。"成功排出
第一根大便令他放心，接下来的思想
伴随嗯嗯的腔调，"一具在重力作用下
新陈代谢有闭合的循环系统但不遵循光合作用
的人类的身体。她就在那里"

"我没有别的意思。"虽然是360度无死角
贴肤剃须刀，却让他不知哪里有些痛
也许是粉刺。"即使这个身体上面没有长着
大脑，我也不会有兴趣"

"我对女人的大脑亦没有兴趣"
秦重说，他身后的沙发上没有人
"你不要告诉女权主义者"

4

嗵嗵嗵，从哪里传来的皮鞋声
啪啪啪，有人在打自己的耳刮
噗噗噗，想必是某种活塞运动吧
啊啊啊，谁收到了礼物这么高兴？

城市在她的一阵发烧中醒来
接着听到了敲门的声响
"卖油郎。……十两银子"她想
"卖油郎"是一种油炸方便面

"十两银子"是香水
的牌子。她打算打开门放快递进来
却软绵绵地迈不动脚

5

好吧，为了请出洞庭湖
已经有四架飞机、五辆高铁
一乘巴士和两辆中型汽车来到这里
大胡子的导演，光头的摄影师
耍大牌的女二号和劈腿的男主演
在另一个故事中饰演皇后的现鸨母
在一切故事中担任反派的死胖子
在本剧中将出现四次，包揽了
店小二、乌龟、庙祝和船夫四个角色
却没有一句台词的家伙
他们来到了这里
人物已经聚齐

6

经组织介绍王美和秦重结了婚
在旧社会各有一段辛酸事
且不说因为那位浪荡的白衣公子
王美在洞庭湖边大哭
也许是爱过他，但是她说
是因为被他欺压，不当人看

只说说那只财主家的狗吧

秦重在路过他家门口时

被在大腿上咬了一口

大腿后靠近臀部的地方

紧接着牙齿，他感到了软湿的舌头

轻柔地上移灵活地旋转

伴随着微微的喘息

呃！他的狂犬病影响了故事的进程

7

（在烟波浩渺中应当有骚词的旋律

如洞庭波、木叶下之类

卷走了故事的黄鹤带不走波中影

骑着老虎的少女不着寸缕

她的老虎

又在故事中被打了一遍）

——请文学史猜谜

8

作为一个书生秦重撕毁了上一版的脚本

阴沉着脸洞庭湖的风

在他脸上噼里啪啦地扇动

这真不像洞庭湖

这风背叛了剧本
（它在演出《大风雪》）

作为一个书生秦重被卷入一场革命
就像老虎被叙事殴打
在某个时段他跪在神明的半身像前
真心实意希望暴力集中在他的头部
"暴力？这是一种
掺杂着爱欲的游戏"

"当一切暴力产生之初必然有一方
被吸引着爬过去，吸引他的
有可能是对最初情投意合的怀念，也可能
是对他满口谎言许下的未来的憧憬"

"因为他许诺只要你纯洁高贵并且
听话他将永远爱你"

9

她在浸没她的清冷而幽深的湖中
醒来发现黑夜已笼罩了一切
长满水草的汀州。水草深处的寒鸭

渔灯渐灭的舟子和梦中抽搐的秀士
她毫不费力地向岸上爬去

她并未惊起一片最小的水花或者一片
顺流而下的木叶她水淋淋的
身体穿上了星光笼罩的薄雾
她站在水上脱掉水袍接着脱掉
故事。脱掉爱欲。脱掉

她的百宝箱。（远处的男主演
蹲在地上两根手指头
夹着一支万宝路）
她若悲若喜跨上那只在暴力下幸得逃脱的
老虎

中国童话（组诗）

1.“没有这个人”在一个夜晚看到和听到的

在无声无息的梦中的春天的夜晚必定有什么地方美酒具陈
在美酒具陈的地方有着欢会的心绪和同样梦境浓烈的梦中人
在浓烈的梦境里这些人叹息嗟伤或狂喜莫名不知被什么点燃
他们捧出他们心事被什么明明地照着而那簇火焰摇曳着我心

2.青蘖与飞鱼

我们在一千年里只得到一朵花
青色的花灼灼的颜色
它的娇艳迷离了我们的美梦
我暂时地死了
死是一种仍然存在的秘密
一条会飞的鱼将我引入离别

当我不在时
风依然是风

3.黑夜中的皇帝和他的新衣

明珠和翡翠让她忧愁，它们压弯了她
细雨将来时，我闻到了尘埃的气息

这是黑夜里黑色的故事
没有一个故事比这个更黑暗
层层叠叠的宫殿在梦境中打开
向植满青槐的道路
迷离地发散冷冽的香气

4. 宝珠

不知道为什么我得到了它
带给我无尽的欢乐
不知道为什么我失去它了

它是如此美丽而神奇
拥有它就拥有了全世界的宝藏
它像一面镜子能令世界生长

它让世界做乘法
一个世界变成很多个
它让世界变得拥挤

它是某个人的疼痛
当某处得到的时候，某处正在失去
当某处丰足的时候，某处正在哭泣

我不是什么特别的人
我因为有你而闪闪发亮

如今，单调的我拥抱着一个平平的世界

但是那神奇的魔力驾驶着阵雨
朝向轰鸣的地心飞去！
但是在我们不知道的地方有光芒四射
大地的黑暗中宝物越积累越多！

茉棉

　　茉棉，本名刘霞，出生于湖南桃花江，现居长沙，高校教师。作品刊发于《诗刊》《十月》《诗歌月刊》《诗潮》《星星》诗刊等刊物。部分诗歌被译成英文，入选《大篷车：当代中国诗歌》（金重编译，2017 年美国出版）。获得《诗歌月刊》首届"DCC 杯"国际华文诗歌奖，第三届"太仓杯"爱情诗歌奖。

游荡者

失眠之夜
一个手掌打开，五指清晰可见
陌生的生长，析出了光
这是否意味着
当我右手划着十字
双脚还可以从牢狱的补丁里钻出来
和正常人交谈？
然而酣睡并不意味
浮现恰好的影片：在那里
我要更换
衰老的脸
像狄金森，造就一片草原

味道

……熬了又熬。我的脸
在浓稠的乌云般的碗里
晃动。辛辣的气息
从童年刮到中年

根，茎，叶，花，果
阳光，雨水的恩赐
它们最好的梦
被我一口，一口，咽下
但我不会说出那个字

——在这下着雨的无路的春夜
——在比药更苦的人面前

IC 卡电话亭

被用旧
被遗弃
被贫穷抚摸过的耳朵

站在低矮的半圆形的屋檐下
我打过长途电话
唯一的一次

路灯下的细雨淋湿了后背
那时，我还没学会爱
我已是一个孩子的母亲

阿尔达布拉象龟在雨中漫步

大雨喧哗
像沿着海岸疾行的火车
阿尔达布拉象龟在雨中漫步
厨房里，豆浆机轰鸣

阿尔达布拉象龟
缓慢爬向一棵深绿色植物
伸长脖颈
吞吃新鲜的树叶
这是早上，最活跃，最清醒的时间

鱼腥草，花生，黄豆，燕麦
还有水
被白色豆浆机粉粹
一个人的营养早餐

我肯定活不到象龟的年龄，200 岁
我缓慢地写诗

描述

它几乎不缺什么
风雨的拜访
一层白色石灰浆
树荫
米粒大的杏黄色花瓣

它只是多了一部分空
二分之一躯干
一道缓慢地向着天空生长的
伤口，挨着
有时拥挤
有时空无一人的站牌

掉落黑色的种子。长出最绿的叶片
当它成为新的见证

现在，它没有什么秘密了
除了那伸向黑暗地下的根

我应当愉悦

酒吧的灯光连接着这个街区，狮子在吼叫
这座城市，夜晚比白天明亮

樟树细小的米白色花瓣
向整条街道运送着香气
货车载着农民工，移植的树木
飞驰在异乡
一只哀伤的麻雀
翅膀卡在春日的树枝间

难以找到一把利器
一场雨
始终没有着落
一个又一个春天就这么浪费

我在窗前站了很久
没有任何朋友的消息，没有雨也没有雾霾
23℃的好天气
我应当感到愉悦

非逻辑

整个下午
我拍摄最多的，是行走于
红木长亭，树叶，单薄衣衫上的阳光
（黄金的质地不可忽略）
一张照片和语言的反转
不会让我迷失
我用两种语言：英语，普通话，家乡方言
问好新年
我喜欢折射而不是反射
像鱼翔水底
像墙壁上的棱镜——
碎花衬衫，复古小圆领，平静的脸
我这么苍老又这么年轻
写不写下，都是虚度

今天之诗

今天起得早，但没有说早安
今天比昨天冷，所以我添衣

今天看书，想起我的童年，青春，父母，孩子，爱人
还有恨我的人
我对那只排名第三的乌鸦说
别嚣张！

股票里的血压，馒头里的政治
江湖上空云朵的意识形态——
没有边境，自由穿越
从西方到东方
从南半球到北半球
"和云朵相比，生活牢固多了"？
牢固的发言权就是撒谎

今天有好几个求是：
不说话只关注，是不是一种美德？
爱美德胜于爱诗歌，是不是一种固执？
厌乌及屋，是不是一种偏激？

忍耐和善良，是不是一种懦弱？

有人说我清高，我就继续清高
但临睡前，我会主动说：晚安
下雪吧，我要去寻梅

青蛙研讨会

当他们围坐一起
谈论的首先不是雾霾，转基因大稻
化工厂排放的污水
他们更不会谈论
黄金储备，共产，右翼
叙利亚难民，塔克拉玛干沙漠的颜色
他们首先谈论的总是
肤色，四肢的比例
以及身体里发出的叫声

修正

需要挪移半个句子
跟随诗的尾鳍游动的节奏

需要休止符
不拖泥。不带水
被风挤压的树叶，痛苦的晃动听不到回声

需要误解
需要不解释
歧路不在乎多一层歧义
冷空气，可以再冷一些

悬崖边上的独步
必须找到——
一种新的语言的梯子
尽管它通往巴别塔似的虚无

天黑之前

已不存在再次死亡

从它们离枝的刹那

红色的绿色的树叶和散发着

淡香的米白色花瓣

路人的脚无所顾忌

从它们身上踩过

并称之为唯美

我相信生存的哲学就是学会死去

对此我毫无经验

我越来越不依从某些真理的活法

站在诊所的台阶上避雨

已不存在更多伤悲

保鲜袋里有妈妈刚煮熟的四个鸡蛋

我把鸡蛋放进背包

蛋壳的温热传到脊背

右脚套进保鲜袋，扎紧

这个主意让我得意了一阵子

我要赶回去，天黑之前
靠窗的写字台上
白色的药片在等待

下午的哲学

海德格尔喜欢使用"锤子"这个意象
在意识的林中空地
他从不浪费
锤子和钉子的相遇

梅洛·庞蒂喜欢"折叠"
意识，折叠的
弄皱的布上做了一个小巢或小洞
最终被展开并捋平

笛卡尔本可以说
我思，故其他人存在
但他没有

一棵发亮的橙子树已被经过
有人正观察
鸟儿飞走后颤动的树枝

散步

我们也是树上的一片叶子
现在，是绿色的

你倒退着走，和我说着什么
斜坡。路灯朦胧

你伸来的右臂，迷人的弧度
在淡紫色泡桐花的空气中
短暂停顿——
来，带你走另一条山路

启示

一棵树，怀念一根绳索

和它带来的身体

树和绳索已经变得柔软

像达利的钟表

撤走了垂直的重量

重新分配时间和意识

身后的荒野

不会误入歧途

互换一下身份，可能吗？

让树变为绳索

让绳索变为树，而不是别的什么

那么远，黑暗中

两个彼此感知疼痛的身体

望着星空

（也许有个地方在下雨）

他们微笑

他们沉默地说：不

这只手

有几秒钟。我看着
向我打开，等待我的手
放进去的这只手
它不同于我本来的虚弱

这只手被几个男人握过
在夜行的车里，在穿着高跟鞋
上山的途中。一个怀疑论者
我信赖了它们，不是全部

我平静地看着面前这只手
（它提醒我，要爱惜自己）
我渴望的，我的一生都在渴望
我可以埋首在里面哭泣的
也许永不会到来

带着各自的气息，在蒙古包似的
大厅里，立冬第一夜
诗歌朗诵在继续

这只手自然地收回藤椅扶手
没有人注意。没有难堪
它握着的，是冰凉的空气

嫌疑犯

没有人理解他为何藏起了钥匙
——里索斯

房间是我的，钥匙是我的
已被证实
如果我把我的钥匙
藏进了我的口袋
他们，那些他们，会不会逮捕我？
如果百分之九十九的掌声是我的
我需不需要给这些掌声致歉
给那百分之一认罪？

桥

原名何庄宁，浙江杭州人。曾任编辑，后在深圳创业。曾旅居东京，现居美国。

1998 年 10 月，桥以网络为诗歌起点开始创作，是中国最早的网络诗人之一。先后出版了《和好人恋爱》（2006 年花城出版社）、《第二季水瓶谷物》、《碎南瓜与平行四边形》等个人作品集。

火星爱人

他的顺时针的手摸过地球表面

一片森林倒了

一群野兽尖叫着

四处逃去

我坐在一块石头上看着他

我想他进化

和我一样

一脸青苔

或许我宁可他待在火星

仰卧起坐

或者跳高

或者像一个伞兵俯冲而下一万米或者

像森林里的那个猿人

倒立

或者我只是他手里的一块石头

扔出去击中

自己

或者在他的手里就碎了

高温的手

火星爱人

红土夏天

是樱桃旧书，白指甲，上翘的嘴唇
性感的夏天一盆冰凉的水
金属钳子夹着我亲爱的身体，那头野兽
它的早餐，它的黑礼帽
我翻过它的第一层
它的前爪搭在我的肩上，我提了提连衣裙
它的绿的，丝的，短边
我那么心疼
舔着樱桃夏天，翻过一座红土山

我们还可以走得更远，音乐四分钟一次
我坐在红土上，野兽的红土
赤脚狂奔
一道光追杀我，浪费了一颗又一颗子弹
翻过第二层，洪水就要来了
一个小时
一亿个红细胞尖叫着死去
那头野兽
前额发烫

烦死人的六月

刀从刀的山上下来

追赶我

我不想逃走

我有罪，刀想取走什么就取走什么

我有罪的心脏和肺，还有我的上嘴唇和下嘴唇

我身体里有洪水往外冲

烦死人的六月，我把自己吊在梨树上

红丝带，必定是红丝带绕着我的细脖子

我握紧了拳头哭

一大片梨花谢了开，开了谢

我想知道海平面在哪里

有鹰藏在我胸口

只有我的头发是清白的

我怕我就要喷出血来

巨大的红细胞

射在对面

雪白的墙上

我穿着红砖上衣红砖裙上刑场，上刀的刀山

只见有雨可以救我，遥远的雨

它洗我，洗成海

不必给我，你的中午，最热的时光

给我你的早晨，五点，我只要你挤出露水那样的，笑脸
五点，我看到一个瘦女人跑过大钟楼，时钟敲了，六下
我看到她的伤口
在一棵树的背上
她像一棵树那样奔跑
很多东西掉下来
墨镜
口红
避孕套
眼影
粉饼
眉笔
大头针
刀
刀
刀
她的愤怒
她的愤怒的黑衣服，掉下来
我看到她裸露的花瓣，掉下来
猫头鹰叫了一声这个早晨，五点，大钟楼的钟敲了六下

一个瘦女人哭着跑过大钟楼的五点钟

大钟楼的钟敲了六下，一个瘦女人跑过热带

很多东西掉了下来

她越跑越快，越跑越快

越跑越快，越跑，越快

越跑越快，越跑，越快

越跑越快，越跑，越快

我看到一棵冬天的树跑在热带的街上

五点钟，很多人看到

一棵光秃秃的树飞快地跑过大钟楼

很多人看到你的中午

七

1

七三天三夜不眠，他的大脑袋里装满女人
他吃香蕉
想念一棵正在恋爱的树
池塘里鲤鱼吹美好的泡泡
有液体经过他
他听到骆驼的声音，太阳的位置在右手边

七不停地从树上掉下来，北风吹着他雪白的身体
他用一堆盐和一包沙子把自己包起来

2

有人敲碎了七的窗户
有人使用了刀
有人切开了他的左胸
有人把他的皮挂在墙上

我看见我自己，像猫一样活着，仇恨
我看见神在七的床上划了十字
神使用了七的女人

神使用了玻璃

有人打碎了七的镜子，一千个神在他的房间里
有人鞭打了棉花

3

来，我换一个坐姿跟你谈论盐和我的味觉
还有我的祖国
七是另一个男人
另一个国家
甚至是另一朝代
他试探过我身体的秘密，我比他更古老

有人在山的那边哭了一整天，那条未婚的河在枯水季
来，我们坐到河底

然后，犁过平原

然后，我就是你的鸽子
早晨醒来你上紧发条
每隔十分钟，我为你唱一次歌
说一些秘密
电跳着闸
青蛙停在窗台上，看着红色草花开了又谢
然后，火花在我的发条里颤抖
身体发烫
太阳西斜

然后就是咏叹调
然后每一块骨头都生着病
然后蜜糖
然后每一句英语都在说着爱情

然后，你的脸上就有了一些裂缝
犁过平原
一粒卑微的麦子掉进你的陷阱
动物哭过的早晨
它们揪着饥饿的头发

向东方长

然后，我就安静了

天下起雨

我掉进水里

一个粗糙的人正在改变我

一个粗糙的人，他在家乡已经没有土地
现在他是我的长工
他被逼留着胡子和寸头
他吃玉米和豆腐
他有一双粗糙的手，抚摸着我们的床单

他带我住在湿地
抬头看到月亮
昨天晚上他咬着我的耳朵说：月有阴晴圆缺
他多么像一个父亲
接着他追打四周的昆虫
那个粗糙的人
说着乡下话

接着是流行音乐
接着是苹果树上结满果实
接着是秋天
接着是月亮跑道
他结实的大腿跨过起跑线
我看到他拖着降落伞和一整箱苹果

降落在月亮表面

一个粗糙的人，正在改变我
我住到湿地
追赶咬过我的蚊子
夜晚我看着月亮
一直看到春天
有人正在降落

细线

秋天在细线上行走的人

回到斑马的故乡

从血里采到白棉花，结成枯杆

橄榄下滚动的夕阳

忧伤似风中的墨汁，研磨丢弃的器官

用时间做针的人们

穿起苦艾草

扎进冬天

曾经的雪白在仰望植物的时光里断裂成冰

拉出细线的那双手压着一床床单上春光无限的花朵

咬牙切齿的夜晚降临在彼此的冷漠里

是凋零的语言夹杂着固执的方言，拍打情人的脸颊

存放对方的仓库结满异域的蜘蛛网，是去同一个地方翻出

　　相同的混乱

接踵而来的早晨伤感是一段解释不清的麦秸，脆于失水

细线上约会的人依次爬下交欢的口琴，适合清唱的月下

粉刷可见光部分的肉体泛出圣洁的光芒

掀开围裙看到乡村喜鹊绕开道德的杧果树，像信鸽长出弧线

一脸茫然的旗手奔跑在脆弱的河道
清冷压着平原
抱起炮台的手臂，迷于清贫
繁复的花，遇水滴下纯白

所以，是我尊敬的白

我摸索着一张过期地图，试图从秋天跳下来
那年冬天地形非常复杂
你也还不是一个国家

那年你面积巨大，抱我，抱出一个欧洲
你刻意健身
边界甚是模糊
两根变节的手指，总有新鲜的疤痕
有时我希望你出点血
从我身边倾斜
我急于翻找你肉体的皱褶，暗中却递来光滑的梨
亲友们提醒我右转
遇蜡烛
变黑
诗歌一般生存在河水里
昨晚几度看到界碑
抓伤了边境

所以，那年的那盏灯不是坠地
是词语散去，火焰在我的身体里找不到更大的火场

你想埋葬的，是一床缎面被

是我尊敬的白

正以棉花的形态存在

荒凉的身体里有着倒背如流的唐诗

我试图说服你忘掉新西兰

回北半球

加州的风雪中可以邂逅周三

捡到一些毫不相干的枯枝

劈开旧事

挂在廊前

秋天骑一匹红马，刀尖指南美

之前我分三次提及土耳其

第一次我说：看到一些面粉夹杂着花瓣

在炭火上烤出春天

第二次我默默插播了两段美剧

表面漆黑一团

第三次我试图告诉你巨大的月亮掉落山崖

一年潮汐澎湃

来年我将与你面对窗外的法兰西

陷在不明的火里

那时你省略任何器官都可以快乐了

冬至那天
看着我日渐荒凉的身体
灰烬里倒背如流的唐诗

碎南瓜与平行四边形

你必定是碎了，像南半球的南瓜

巨型的冬天

鬼鬼祟祟的冬天

披红戴绿的

面色暗黄的尊严，夹着上海口音的贞操

从七点钟到八点钟

拉低帽檐

就意味着冷

以海鸥命名广场

以拉丁文命名公园

以鼓声命名一只海鱼

与我无关的一个小时，与我有关的钩子

鱼线与碎

贫民与集装箱。装船前检测

海水的盐度。太平洋的宽度与长度

平行四边形

货轮船长，衬衣下，四公分龟裂的皮肤

左眼看着沙漠滚烫的尘土，扭曲的太阳，毫无意义的贝壳。

不停

爬行前往东海

备忘录里的那枚针，痛了三天三夜。生下一个

音乐频道

难产的流行，昏迷之中的幽灵。切了一段萧敬腾

左眼看着一张虚化的面孔，淡成树的样子，是哪座山上的
　　树呢？我一直

在猜测，或许就要猜出开户行了，一长串密码，是卡扎菲
　　或者

萨达姆

弱水

　　弱水，诗人、作家。本名陈彬，山西泽州人，现居北京，供职于某央企。

　　曾在《青年作家》《星星诗刊》《博览群书》《散文》《福建文学》《山西文学》《黄河》《都市》等刊物发表过诗歌和散文作品，曾获《黄河》《山西文学》等刊物年度文学奖、杜甫国际诗歌奖等奖项。著有诗集《天使飞临在一杯咖啡中》《在时间里》，散文随笔集《黑白盛开》《如果你叩我的门》。

天使飞临在一杯咖啡中

为什么必须饮下一杯咖啡
才能开始一天的劳作？
此时你坐在窗前
一两根黑发悄悄掉落
一两根白发悄悄生长
像你看到的这个世界
一部分在死去
一部分在新生
没有什么新鲜的真理
造物的目的总是隐秘的
在一杯黑浓的咖啡中
天使正在飞临
填补死去的一部分空白

我们的骨头会在哪里

他指着画布上堆满的骷髅，说
小时候我们翻地时会翻出这些
我们用树枝挑在肩上
午后时分的展览馆内
光线昏暗，但仍然照亮了他的回忆
接近于空白。只有瞬间的重量
但我已被砸中。是谁？
发生了什么？仍然是一片空白
从眼前的画布，到他童年时的山坳
死去多年的骨头，忽然重见天日
没有了肉体的悲伤和欢愉
也摆脱了思想的沉重和情感的负累
在树枝上大摇大摆的骨头
多么像一枚晒空了的柿子
在画布上欢呼雀跃的骨头
多么像一只只新生的小鸟
这是一个动人心魄的秘密时刻，我认出
树枝和画家之笔，是自然的神启
而他接下来说，它们还是最尊贵的酒器
在某些地方。我再次被钉住

这些神秘的去处，不知道是不是
也被赋予一种秩序，不知道
我，他
我们的骨头会在哪里

暴雨的沉默无边无际

直垂而下的雨幕，密织成

凝固的无法分割的黑暗

暴雨的沉默无边无际

它因沉默而完整

我们在窗内听到

万箭齐鸣的哗哗声

那是水泥楼顶，铁皮屋

以及高矮参差的树木

对暴雨的回应

那回应，介于被动

和主动之间，仿佛语言

介于表达和无法表达之间

暴雨的沉默，仿佛我们

曾经在浩渺的月光下

相视无言，不是无话可说

而是任何话语都不足以改变

坚硬的世界，由一个个碎片化

的逻辑，建立起来的固有秩序

暴雨也无法打破。它以雷霆万钧

之势，向人间倾泄内心的暴怒
它不需要任何语言
任何语言只会缩小它的力量

从图书馆出来

合上书，把它们放回原处
仿佛将一个世界轰然关闭
茫然踏入另一个世界
眼前，杨树的绿色有些莽撞
映在玻璃幕墙上的灰色天空
也有点不真实，世界看起来
仿佛一场虚假繁荣的表演
走出图书馆书库里各种思想
交织的阴影，重新置身日光之下
要在出口的台阶上坐一刻
才能适应周围空洞的目光
并原谅
机动车对人行道的无理挤占

诗人

他必须去言说那些不可言说的事物

当所有人都沉默时

他不能保持沉默

当所有人都在谈论某事物

他必须谨慎以免说得过多

他的唯一任务是铸造我们赖以生存的语言

所以有些事情他不能做

如此他才配得上人们赋予诗人的特权

神圣的存在

早晨的第一缕阳光是美好的
随之而来的忙碌的上午是艰难的

保持健康是美好的
坚持锻炼是艰难的

过诚实的生活是美好的
为之奠基的奋斗是艰难的

相爱的人彼此靠近是美好的
靠近之后一直相爱是艰难的

一切神圣
总是与世俗并置
才能体现它的存在

一只蝉的高光时刻

它一生的大半时光
都在黑暗的泥土中
一次又一次蜕皮
才能破土而出

它一生的多数日子
都在树影中无声无息
当它偶尔被火光引诱
却难逃坠身罗网的命运

它一生的高光时刻
在于加入一次大合唱
狂热单调的激情
主宰整个城市的空气

最后，它用一次性爱
结束生命。它的孩子
将在一场秋风中
落到地面，重复黑暗之旅

有人用玉石做成它的模样
放入死者口中，祈求
像它一样在黑暗的泥土中
吸食营养，复活永生

爱的确认

作为摄影师，他的一生
是镜头里无数个不期而至的瞬间
某次，他在清晨的寒冷中等待
乳白色的云雾遮蔽整个世界
毫无把握地期待中，一道金光
划破他黯淡的镜头，然后是万道金光
接受膜拜的神山掀起面纱
令所有人臣服，欣喜若狂
这可遇不可期的瞬间
他在电话里与她分享
她每次回忆起来
都仿佛一次确认
这个瞬间
摄影师收获了从天而降的作品
她收获了摄影师的爱

有一棵树

偌大一片草地上
有一棵树
只有一棵
我用目光拥抱它
从弯曲的树干
到不太茂密的树冠
希望我们彼此温暖
在东西南北的风中
后来
有人告诉我它叫合欢
我不由暗暗羞愧
我怜悯它的孤单
而它教育我
要懂得与自己合欢

一张关于死亡的照片
——切·格瓦拉之死

他设想的死亡

最终成为事实

像一座被战争摧毁的城市

围观的人各怀心事

是否如他预想的那样

他躺下

将成为一条河流

探寻真相需要逆流而上

他睁着双眼，静默

成一幅图像，任凭人们

定义，荒谬或者悲剧

而死亡的意义，在死亡来临之前

已经完成。因为预想了死亡

他在不自由中获得了自由

在盛产奴仆的世界

度过了骄傲的一生

大雨过后的清晨

大雨过后的清晨

一条白雾挂在山腰

她在班车进入校园时

透过窗玻璃远远地看到了

这就够了，这一天

不需要再有更多的好运

自然的馈赠是至上的珍宝

它进入眼中

眼睛多了一丝清明

它进入心中

心间多了一些纯度

这就够了，这一天

再有更多的厄运也不可怕

就像一夜的暴风雨

把一条美丽的白雾投向山腰

她满怀欢乐

走过一地破碎的叶片

地铁里的布道者

环形的 2 号线是北京最不拥挤的地铁

这使她能够不太费劲地走来走去

她是径直走向你的吗？

还是观察之后选择了你？

你怀着疑问却没有说出

对于你来说沉默是一种安全屏障

而她举着一盏语言的灯，试图打破所有

看不见的距离。她要让你相信

她所相信的，让你看见

她所看见的。她始终笑容平和

声音清淡，像一只喋喋不休的蝉

而你并不打算辨认

一只蝉鸣中渗透的真意

轰隆前行的地铁

摇晃着人生的疲倦，失意，和冷漠

偶尔有一些小小的意外

这样对峙着

一个人和一只蝉互不接受的

面对面的怜悯

当我来到海边

当我来到海边，我以为
我会想起生命中
所有与海有关的细节
但我首先看到钓鱼的男人
在海风中瑟缩着身子
双手攥紧钓竿，仿佛一块
和大海一样亘古的礁石
接着我看到一对年轻情侣
手拉手走过来，女孩脸上的口罩
把我拉回身处的时代，特征过于
鲜明了，大海都无法抹去
然后听到海水拍打礁石的声音
在我脚下，又仿佛来自地球的另一端
而我能看到的，是平面的大海
灰蒙蒙的，向天边无限延伸
而天空同样灰蒙蒙的，相接之处
是一条无始无终的深线，我不能确定
那是一种相交，还是一种
阻隔。仿佛隔海相望的两个人
很难说他们之间存在分别，毕竟

他们可以在微信中拍一拍对方

还可以在云端做爱。这一切

都发生在海平面以上

像每一朵浪花

都送来一缕新鲜的海风

当我来到海边，我并未想起

生命中那些与海有关的细节

它们消隐于生命，仿佛葬身海底

一条鱼有几种欲望？

当它们游向我

像暴雨前的一大朵云

方向明确地压过来

"它们一定是因为孤独

有话要对我说"。隔着餐桌

玫瑰，星星，和夜空

我和你诉说对鱼的猜想

你微微一笑，掏出另一个答案：

"它们以为你要投食喂它们"。

鱼以食为天，自古如此

在现实主义的鱼缸里

可以吐出一个叫自由的泡泡吗？

我突然想到庄子之辩

2000 多年过去了

我们依然无法证实

当一条鱼游向我，究竟

会怀着几种欲望？

当落叶落在你的墓前

（看到金斯堡和鲍勃.迪伦在凯鲁亚克墓前的照片有感）

当落叶落在你的墓前

还有一些青草摇动最后的青色

像我的吉他在旧金山露天广场

回响着棉久的颤音

我们曾经对着城市，天空，狂野嚎叫

对着路灯，天花板，墙壁嚎叫

对着月亮嚎叫，对着监狱，精神病院

停尸房，加利福尼亚超级市场嚎叫

因为世间有太多需要踢开的麻木脑袋

和绑缚心灵的绳索

有太多的人假装眼盲

只有我们是假装天真

只有在我们的吟唱中，风就是风

溪水就是溪水，夏日的红玫瑰

要送给心爱的姑娘

只有我们，懂得兄弟的深意

只有我们，愿意在你的路上

一起做迷路的人

对着你，我们只需轻声朗读

我们吐出的每一个音节

都像落叶一样落在你的墓前
我们团聚在这甜蜜的气息中
黑暗是我们离去的路

只有安静是恒久的

自从奔流的河水成为湖水
历史便在此处安静下来

当我从银杏热烈燃烧的北方来到此处
北方和我同时安静下来

安静和环抱群山的湖水一样无限
你的气息也弥漫在这包围之中

安静和生长在湖水中的群山一样恒久
我的爱也在安静中重新生长

在安静中生长的一切
都和安静一样恒久、

"爱诗就是去寻找美丽的东西"
——观李沧东导演作品《诗》

她已经六十五岁了

一个沉默的女人

靠写诗获得一点轻盈的呼吸

她把路边的小花写入诗

因为她不能写早逝的母亲

她把河岸边的一棵树写入诗

因为她不能写弃她远去的女儿

她把一场降临在窗前的雨写入诗

因为她不能写犯罪的外孙

她把穿透叶片的阳光写入诗

因为她不能写逃避罪责的人们

"爱诗就是去寻找美丽的东西"

这是诗歌课堂上老师的教导

她重新试着去寻找，美丽的东西

也许不仅仅是一朵花，一棵树

一场雨，一片阳光

片刻的轻盈，并不能让她抽身于

现实的沉重。也许可以反过来

调整写诗的方向，从阴暗处出发

她郑重地梳好头发，戴好帽子

举止优雅地去举报她的亲外孙

她用一生辛劳养大他，然后送他坐牢赎罪

她平静地喂那个好色的老瘫子吃伟哥

和他做爱，成全他

她躺入河水，想象自己是那个被害的女孩

她认真对待每一个动作

让每一个动作都满怀信仰

河水泛着金子般的光

铺在她的脸上

她相信在这首诗中

她找到了真正美丽的东西

谢一景

谢一景，女，生于 1990 年，2009 年开始写诗。

拥

有时候我抱着骨节消失
浑圆且柔软的骨节，随意连着
杏鲍菇刚顶出地表？总之新鲜
我贪鲜忘了穿鞋，一只脚咬着另一只
我有时候抱着，并非真正存在

我有时抱着刺猬，是个巧合？
现成的刺孔等待疑问
这里是空缺，刺猬和我凑成温室
而暂且，我也不知种些什么
有时无数藤蔓涌动，有时
更多是空，是气，盛在夜里

虾子

游动的失魂的虾子
满怀肥大的，小虾子
鲜艳的白酒灼烧喉头
水草，留住石子
醉酒的虾子盘踞山头
拔竹抱石，将海岸推后

面包中的虾头
酸奶中的虾脚
瓷杯惴惴，挤出汗水
在告别的时候，牛奶变质
低温降解静止的虾尾
通明的塑管传递触须

虾子是童年的虾子
是必然的剥落和中年
虾虾相拥，挤出更多水分
吐出三两的鹅卵石子
吃光剥光，将热带鱼水葬

峦

一重又一重，到黄梅又绕了一弯

将烟管导入空中，将糖罐打翻

把空缺的那块儿补满烟味

昨天刚吃得烫嘴，今天继续

也不知补上一块另一块往哪堆

也不知挂在胸前还是吊着

水洗，也在油里煎炸胀气

钩着纤绳，一脚踢开半拉锈轮

我在这里等你什么？还是别有所指

你吃的那块海景，一根毛囊装着盐

你挂在山脚的肉皮，你的指甲刮着鳞

还是淌水管用，一直连到后天

还是你的手管用，还是你打来的野马亮敞

风刮过浪头，我在梦中回暖

野了一夜，或许沙尘正匆忙赶来

一团连山一团堵门，赶来

那么点雨一棒接，在山里的窝棚看海

我就将格子画在楼道里，我就叩

格子里的绒毛转圆圆，挂弦

还说乌云不够辣，夹生的鸟不飞
吹出糖人翻跟头，翻滚
石像在前，浅海的白浪叠成船

锁链

一

眼前意味着空场，昨天也是空场，对我来说
你告诉我应该怎样？他也告诉我。打断，什么都打断
将过去免入，摒弃多余的气虚。还有什么？我想是生活
和我不相关的，生命的一部分，干掉大部分自己或蜕壳
留下软核随意处理，这是我，这是眼下最时髦的
依靠内卷活动肢体，每天吃废物。还有不甜也不苦的风或光
哦，呵，捣乱谷堆。呵，多么，啊，农业不能抵抗
不说绝不是，也不说犯罪。舌头成为动词的一部分，哦我
漫长的劳作打着伞，遮荫，断开一部分滚动
扬着你的旗，将我堆在墙角，加深这印象
灰褐色的墙壁，还有淡淡的绿漆，冲向墙角
那意味着不可食用，我也是毒性的我

二

有弯角，那绝不可能，绝不
有挂扣，那是推土机太响
想连上"我"？只要打开灯阀
机械的早上，架在半空
忽闪忽闪的眼睛被识破

这和我有何关联?
不,这是一幅作品,画布短缺
而刚好一整个你是多余的

你笼罩你所处的城市,像一个帆布窝棚
你的心太大,四处蹦跶
城市不关心上空,不关心窗户
就当鸽子只用粪便记录行踪
猪群躺下,就再也不起来了
你刚好是多余的,
把河翻了个遍,把房顶也踩破
一格一格左西右东
刚好,你在链条中间还没有动静
刚好可以踩着,镐开云层

三

那么我们就来坐在地上
将圆也一圈圈掰开,笔直地掰
也沿着屋顶一字上下
拖一桶泥浆活络关节

爬上来,既然瘦小,就让它更牢固
百鸟赶走!灯光赶走!
钻地,把蚯蚓也赶走,何况根蒂
将这栋楼也刮走,直接丢弃

走出去就再不用回来
就沿着河沿往上看
这河底也不干净，来，整个竖起来
看看，还有什么不可活络

还有什么？就剩玫瑰撒在黄昏
香气还在路上蔓延，
我们就下去吧，去路上看看
去看绷直的锁链上，火也蔓延

平静，再逐个击碎

我再也，经受不起
黏稠与疲惫注视屋舍
我扯出，平放眼前
我注视着它的柔软
重新爱它，继而粉碎

我详尽描摹黑暗
那是从最底层涌起的奶泡
击碎它，击碎过不完的炽热
击碎麦穗抽搐，你还不能飞
你攀爬，累积更多白色

拉出长线，是火在蔓延
我不能飞过他的诡计
火映射我的注视
我拍打胸腔，回流
山体又一步推进
我希望烧坏你，否则靠近

我细数黏稠，雾气

继而惊醒，整夜数黑斑
想到昨天，我好像死过一次
而黎明，抛洒暂时的安宁

接着，呼吸是最后的间奏
活络的房顶掀开我
这是我的危害
我不说飞，不怕你根植水域

我等待干涸，黄金或是流动
流动，让鸟类重返山体
而你，比山体更加沉重

冷

当我看见你时，我还在洞中
我的眼挂在石头上
我的目标没有动
我可以看见蛇，外面冷
我想走，或留下
而黑影群过来
清理石头和枯藤
清理我的身体，光秃秃的
没有回应
因为蛇是冷的，石头也是冷的
因为去黑影中，琴啪地掉下来
因为我从没有碰过的凝固
这里的石头老了
而我们啃食山洞
唯一的一束光也是冷的

鸟鸣集

树顶的颤抖

醒着的人被再次叫醒

翻土，波长由此展开

洒水车在雨中穿行

人，是其中多余的斑点

再次展开，反复敲击"4"

植物的共鸣在矩形中

冲撞，塞满犄角

还原落地的轻微

人，从头清理落差

清点雨后的惊慌，鸟鸣

从头切分，打开动机

虫类逐节沉重

而触角迅速攀爬

绒毛在此时更有黏性

保持清醒，保持

扔昆虫，扔声音及波纹

晃动干草堆，掩盖上升
从细孔呼吸，干燥而阵痛
开喙，鸟类逐群褶皱

脱离休止符
人，从双面窥探鸟类
从音阶中捡起固体
抛洒向人群，持续击中
而鸟类是此时唯一的轻盈

勃拉姆斯

他每天观察青苔
他去批发市场，柔软的墙壁通向公路
拱起腰，他从厨房拿出冬瓜
用十种不同的钝器想象切分

他住在树林中，我住在楼上
我规定发条的律动必须符合入睡动机
我分配旧车拆分的步骤
我将船桨修剪成刺头，我们很叛逆

接着突然间，下起了雨
心肌梗塞可能在睡前发作
他开始修补破帆，刺穿再反复修补
将开水一遍遍泼在木条上
观察钝痛从地表溢出，天亮了

整个白天，我们给房屋刷漆
我们模仿熟睡，手舞足蹈
朝各种方位做标记，交给幼童
看他们笨拙的手指随处触摸

自然而然的，他们做了一些必要的错事

最后一次，烈日从中心开始发冷
他拉上窗帘，命名这个场景为告别
如果这个时候还缺点什么
那该是一个朋友赶来赴约，从很远的地方
踩着绵密的光

平等仇恨

我想我们是应该互相剪剪线头

碰到个把血管生疼一下

我们忍不住相互抡起拳头，但是不打架

在幻觉中搏击

迫使我们憎恨处女座

而朦胧的秩序催生自我

我看到，门从四面八方关闭了

自我发酵仇敌，月光被遮蔽

正是这纯粹的，跳跃的弓在发出声响

幻想有通俗的杠杆，着重击打着

这时候需要额外的帮助么

我们看到有一滴眼泪裹住了颗粒感

不由自主的，所见，即是我们意志中仅有的刺

我希望这也是具有秩序的

比如我们摊开手臂，面对面坐着

细分情感所能蔓延的轨迹

啊，这多么不必要

但是暂且奏效也不奏效的舒适

可能是有必要的节省

自我平铺，依旧回到秩序的灰色中
至少我们见缝插针的深情
仍然保持修辞的热烈
温柔地，我们细分仇恨的边界
为我们在同一地下，关上各自的门
我们看见唯一的入口闪了一下
为此，我们再无须更多言语

声音

在心上放一个音叉，听声音
在鸣笛声中醒来，是幼年期的火车把我从梦里叫醒
是螺旋桨拉扯的声音
是飞快的齿轮割破一切的声音
是汽车终于开始横冲直撞，发出迄今为止最大的响声

是，这个世界在一些被感染的雾气中持续酝酿着
在某个愤怒的空间里快爆炸了

声音的规律使美诞生，暂时地
也使多数敌人在各个时间段都站起来
发出同样的波长，不断叩响回音的门
在环状回廊里来回地撞
也从这里开始构建，构建一天的基本声场

转动的声音，并不快乐也不痛苦
就像锯一块干燥的大腿骨
粉末在拉锯的声响中散落
风通过树叶发出声响，使我们感受到粉末，在飘
这也是声音的动作，是伤感的通俗表现

这也是她以为的：宁静从不存在
声音仍从各种地方赶来，日夜不停
带来欢快的生命感，在狂欢，在关灯，在睡觉
在准备将一切戛然而止的时候继续自我欺骗，群体欺骗
以为终于安静了，而安静是假的

D.960

一

过去我们去一些地方

去家以外的地方寻找家

就像现在，面对面前的摆设

好像每一个地方都变了

有点累，但是音乐没有停

起了个大早去散步

路过每天路过的地方

看一看。回去吃提前准备好的早餐

也挑食，但他童年就有耐心

对于突然的愤怒，他希望我平静

听他说点什么，会让人平静

遇到尖刻的人他仍能保持

"让痛苦保持原样，得到不容易"

真实多么容易，但他缺乏热情

如果他面对，又被打败

如果他难过，还要让他更难过吗

我不是让他非要爱

我也不能阻止你爱

但我们铺开这些恨不得立即打包丢弃的

仍在一个地方保持着丢弃

当你除了自己全部丢弃的，在你的手边

你拿起一杯水，你拿起一包烟和打火机

并不能让这一刻停下来

你仍然爱他们其中一部分

二

没有什么原因，我想让你冷静下来

你早上切菜的刀咚咚不停

情绪在各个时区开始发酵，你们也不分昼夜地赶到一块儿

由此我想起来两个鸡蛋相碰会有一个裂开

但是出于善良，温和地辩论

我预设鸡蛋刚刚煮熟，这一幕让你温暖

接下来我要教会你冷静

你还记得童年的早上去田地里

那些草尖上的露水多么脆弱

但是你的鞋子被埋在里面，停下来注意这个细节

它们把你从困顿中解救出来，饱满地轻抚你

还带着清心的草味，我从这里开始教你

或许童年的焦虑也可以藏在其中

再细细地排开，慢慢地，要有耐心

继而延长，延长到现在，你的眼前

所有的情绪都是具有秩序的，你想象穿过露水的时候

一字排开的蜂拥的水滴，带着草香

就像现在你拥挤的桌面和内心

只要想着从现在开始它们静止

和那时一样，是否觉得暂时安静

拉伸这种感觉，保持

将无关紧要的"我"每天重塑一遍

这是动机不是钥匙，它掌握难题的开端

晚餐
——给叶美

那是最后一次准备晚餐

脱落的头发燃起火，烘着心

其中不可降解的部分，嵌在窗外的枝杈上

但很快会下起南方的雨，那些痕迹就会散去

可失落的心含混地记着，过去不会过去了

好像捂紧北方，就会冰冻南方

好像回春的冰窖里煮碎蛋壳，挂着小刺

她握紧刺，想起白天，过去，记忆中日日夜夜奔跑的公牛

它扬起坚实的角，她砍断，又长出新的

没有什么能阻止，也没有什么能被阻止

当悲伤已不能让爱和解，就告别爱了

但晚餐时她想，在接下来的每一天都投入一块克制的糖吧

在迷雾中吞吐甜蜜，结丝筑巢，滋养雄辩的心

命运和母亲还在为你日夜争吵，在失重的回廊里叩开门

他们说给你心，布在新的餐桌上，给你这个玩意儿

——从今天起互不相欠了，我必须搬离这个地方

——嗯，必须的。她起身去打开最亮的灯

让这灯一直亮着，永不熄灭

光沿着地面往外流着，她走在上面
要让这灯一直亮着带她去更远的地方
她记着过去，还有一些美好的过去，也不必记着了

杨道

　　杨道，作家、诗人。《海南日报》文化周刊主编，中国作协会员。著有散文集《终古凝眉》，文史集《珠崖碎影》。

海祭

看不清钟点

风还在吆喝

沿着合成的海面折起的

甲板的锁链

用新的音律诉说自己

撞击入口的桅杆

直至一只白鲣鸟突然

揭露真相：黑夜刚刚开始装点羽饰

人的欲望处在拉锯状态——

脸部用足光阴，羞耻渐渐离去

一盏灯把鱼群高高抛起

她用三色丝线

系紧分散的鳞片

清扫老地平线的脚底

船头女人的黑发得到截点

复活

她把那颗心装在自己心里

岁月浩荡

茧子里出来一只蝴蝶

冲着她的梦烧起燎泡

月亮用一双琥珀手

把落日装进杯里端来

我从不说话

我的眼睛在每个勾留处都停一停

一颗星星买一段文字

玉琢礁插上我的图画

祖母绿的语言

有暗燃的欢喜

船客的交谈也不是棉麻混纺品

额上都是锦绣绸缎

老船长将九支发颤的烛火

朝着天宇竖起、点燃

甲板上扭曲的缆绳

把记忆捆绑

一些不安分的秘密

从缆绳的扭结处冒出头来

傍晚时那只公鸡已经不能歌唱

老船长说

妈祖，大伯公 ¹，龙王爷

瞅一瞅那只公鸡，它还蹲在陶瓷盘里

它顶上的冠冕

从未失去

把山兰酒壶和凉快的罗望子

都刻上你们的门牌号码

月亮在舱门前投下一个光束

我就知道你们许了诺

前行吧

明天舱门打开

就有朝暾进来

注:
1.大伯公,海南渔民供奉的土地神。

纪念日

没有任何仪式
家庭的勤劳循序渐进
锅碗的奏乐
在早晨六点准时醒来
油盐的尺度刚好
南瓜或者地瓜
覆在米粒的中央
巧妙的指针
绕着晨光移动
裸露一脑门的青光

我有一种日常的福气
懵懂，愚钝，不谙世故
看世界的眼光过于清淡
直到突然发现宝贝在我的腹腔里骚动
他在我追求的过程中成长繁衍

绕过第一个高地
他对于新到的大陆感到惊奇
四季不太分明

他把冬天删节

让朝阳停在窗外

七点的回笼觉梦境最美

得让黎明把它拴紧

夜晚在阳台上站着，把门半开

月光对白色的使用

引发了一场骚乱

混杂的多里亚调

对他的耳朵制造神圣的寓所

他急切敲响琴键

开始调查五月——

有一个日子，生来就隆重

在它的至点

太阳搭建起永久的亭榭

它的夏天固定于夏天

深夜客厅

空心的玻璃茶几睡了

秋衣打上补丁罩不住

垃圾桶里满腹经纶

穿红着绿的沙发也睡了

报纸、杂志、旧袜子闹起三国志

横竖撇直全是花拳绣腿

饮水机有些疲惫安上红绿灯

红绿都通行左右扭秧歌

华兹华斯响打更

他在梦里搭腔不唱京剧唱洋戏

"北京以北是北美"

"孙猴子的老家在陕北"

窗帏对月梳妆画眉点唇昨儿刚文了身

既为悦己者容还得涂上指甲油

木盒子里有木造的戒指喁喁私语

"闭了月羞了花也只是个布头的美人谁稀罕"

书架上的书都醒了作智者的交谈

老子骑驴不执鞭

陶潜解了头巾漉酒喝死也不回家

咳都是谢灵运这小子搞的鬼

不计较他也是个倒霉的官二代

李太白你来

不出门上高楼

看紧李后主别让他

天天垂泪对宫娥腻歪

到天涯问青天

苏轼聊发少年狂

射天狼射出一对探花郎

神秘预言

十月是最仁慈的一个月

黄昏不再哆嗦安身稳下来了

厨房里锅调弦铲起奏

带来子夜的预言

海神从东海来披着铠甲战衣

若木走出虞渊周游西洋镀了金身

都在汤谷里打滚捏成一个混合体

太阳施展魔术使回忆和气味像精致的夜曲

输进他的身体

百年轮回一个新生

我把你收藏进我自己的骨骼里

用暖洋洋的晨光

未知的一切把你放在羊水中央高深莫测

你游泳的姿势

像成熟的玫瑰

捂紧充满秘密的人生

我在梦里撞见一只麒麟

他赤身裸体以摄人心魄的奔跑

想赶快逃脱

却闯进我们房屋刚刚长出的长廊

晨光像针脚繁密的绸布正朝天铺开

我抱紧麒麟当上猎手

从此开始牵挂

通过亮着灯的百叶窗我向外张望

一阵大风送来号角狗在草丛里唱安眠曲

一颗黄星穿着曳地长裙在银河边徘徊

黎明时我进入梦乡

穿白袍的仙人从侧门闪入

手拈一粒玉石

穿了红线，它能保这孩子一世安稳

仙人语气平和

诺言像坚果，给我的生命圈上发带

玉石疾眼扫视谨慎选择自己的领地

那时我掌心温热

它的青脚趾头枕上我最深的那条掌纹

蜷着身子睡着了

我如同得了王国的所有权证书一夜暴富

一个充满悲悯的灵魂

正在最美丽的那座花园入口欢天喜地地发出幼芽

我抱过的麒麟，在天庭的高位下榻

铠甲还没卸下，我感到庄严，伸长手臂触摸

获颁两袖清晨的阳光

黄昏时我带他去赶庙会

玉石在我的手和他的手之间完成交接

像一只雏鸟落入幽径,一片青光毫无缝隙

草叶停止歌唱

沿着月光和檀香合成的小路,奔走相告

启明星的额头上淌着汗珠

云像妖娆的蛇

脚踝挂满珠玑,首尾扭捏,卖弄风情

过了诗人歌颂的秋天

你开始跳跃,奔跑

偶尔受点惊吓打个喷嚏

我的腹腔是神圣的寓所

有铅锤般的格调

你属于更神圣的冒险,只管在腹腔里纵横驰骋

还在羊水中央

一口气儿往前游

路没有线索

月亮绕了弯走

你的姿势稳定

直到七月的热闹时节

满载栀子花的阳光飞奔回家,把门打开

这座城堡东君来过

从书柜到门板

都嘱了羲和细扫

你是那位主人

太阳落在中心

光围在你的脚踝旁

倾囊捐出它的全部身家

大自然用沉浑的古琴

弹奏秦王破阵乐的曲调

地动山摇

夏天不再谨小慎微

鼓动四野乡邻应和

蜜蜂驾着锃亮的四轮马车

向一朵成熟的紫薇发动进攻

培育出最甜蜜勇猛的后裔

我的生命开始荷枪实弹

把每天都囤进书房门口的木箱子里

另有一双忠实的手

负责在台历上打钩

保住朝阳的絮叨

他是恪尽职守的父亲

写了半辈子诗

没给修辞下过套语

但他现在被你箍住了

胸腔点了痣，赤橙黄绿青蓝紫

全是你的彩绘世界
他觉得那是一片无垠的福地

早晨咄咄逼人
他从午夜开始打点
腹下诗集，腰间菜谱
全放锅里一起煮
季节逆了时针旋转
头发熬没了，剩下一脑门鲜嫩青光
你一直在他永固的城里
比天庭稳妥
在那里他会为你付出他所代表的每个原子
趁着黑夜素颜外出游玩
他从半空往下躬身
像一艘大船在海面上乘风破浪，桅杆支在天地之间
他的手触摸了海神的胸膛
立刻变得心活眼亮
仿佛得了阿尔忒弥斯的银灰色长服，一弯月牙瓣也不留下
他对我有可爱的承诺
在玫瑰成熟的清晨
我们把一棵神木从崦嵫托起

以梅缄素

——为木木生日作

蝴蝶衔着一枚碎瓣

不知还有别的欢喜

居住在角落里的电话亭

忘记了她的身世春秋

一根细梅枝

挑出听筒里一个小男孩的贮藏

他今年四岁

刚给梅花打过电话

问草地上的影子

清晨与黄昏，是不是同一个脚印？

他新买的白袜子

有点儿像一间阁楼

贮存大海和黑琴

翠绿的缝子在阁楼周围拍打

风把冬日空气的海洋倒转

他邀请壁虎掌舵

梅花当了船长

我们都匀出日子
打扮行星和青鸟
太阳派遣出二月的黄昏诸神
在渊博的海里
无忧无虑地出航

一个逃亡南洋的士兵

在飘散出夏季的潮气的客厅里
老式沙发将日子隐没
铜钱上印着一个逃亡男人的四脚石凳
听来的千字经
指点巫师做法

出海的日子被白光牵引
手朝两个方向
凹面装水，濯洗一枚祖上的印章
破铁罐里有过去的风月
女人嘤嘤哭泣
在村口徘徊的铁链桥上，一条水红围巾
量出逃亡的时间

灰色的雨雾弥漫，佝偻的月亮已经落下
一个黑发的年轻人
用迟疑的双脚
缓缓探入一片沼泽的陆地

战争刚刚开始

他靠着船桨，渔网和一把刀
闯进南洋的魔法世界
那个荒滩，充满尸体，和众神诅咒的厄运
有一些佶屈聱牙的名字
给他带来基本的语言

在白昼的尽头
他遇见一群海盗
地下室里通往天堂的出口
要把他的名字与他的户籍重叠
黎明前他听见一阵繁忙的橐橐声
青铜的光在黑暗中持续

他用耳朵搜索家乡的信息
周围都是声音，但他的世界
无人眷顾
他做过一个梦
一个女人和海怪的寓所
横卧在两截断裂的枯枝之间

也许记忆里有一个错误
他醒来的早晨，是虚浮的冥色
在一个黑暗的村庄里

有一些别人的后代

把他的影子剖开，把历史加入

他们一起造就了新的宇宙

醒着的玛瑙

风卷起南边的窗帘
把它们堆放在玻璃墙角
长嘴猪躲避不及
造成了一只眼睛的缺席
恐龙们成群结队
开始生吞活剥
——夜里大地上太阳的影子
然后把月亮从东方交给西方

风一吹进他的房间
他就醒了
眼睛微眯
呼吸沿着星星的路线
脚丫半裸在树屋的被子外
他说
我整夜都睡不着
大自然往房间里乱闯
我看见只有玛瑙醒着
时光一直在前进
凌晨四点小猪的耳朵冰凉

太阳晒不温

月亮还在隔壁屋顶乱晃

只有巴赫

载着火团

让时钟上的分秒都闪耀

他确实已经睡着了

嘴唇翕张睫毛覆盖着眼睑

我眼馋地盯着

对于黑夜

我看见的不会如他充裕

我听不见任何明亮的声响

三月的脚步

携裹着大地的四面八方

大自然有很多托辞

虚弱的欢乐刺眼

这些天

我们都睡得早

不会被佝偻的黑夜围住

审判
——致祖父祖母

村口的两棵酸豆树都老了，地底下交根偷偷地
结为夫妻
神婆倒挂在空气里，指点土地公
换成族长的行头，宣读誓词：
"不论富贵贫穷，相依为命，不离不弃"
几片破树皮，轮流披，老年斑不分你我
木疖上抹些水粉，树皮挖坑
埋了它
老鼠趁机打洞造出交通图，玩转地道战
咳，不学那猫样，还玩老来俏
给谁看！
大风送来大礼折枝碎叶老酸豆
一胞两胎都穿湖绿花褂子
就这些了
一帮寒酸子孙！

村里人树下磨牙，男人成爷
女人成精，横看成岭侧成峰
祖母坐过的石墩，像族长女儿的闺床
发亮发光，燕儿飞过，低眉顺眼

一头扎进地窟窿：卧薪尝胆

面壁，悬梁

委屈谁没受过，明年再攀高枝

祖母座上满铺着褪尽光彩的枝叶

脸色暗黄，走路窸窸窣窣，弓着背

中间藏有一个酸豆果，也怀双胞胎

伸出头来，套上灯笼衫

灯笼衫憋屈，"这爹妈当的

儿女也不算多，一辈子就穿这么一件旧衣裳"

针线盒里都是纠结

不做女红，做女同，来生还了夙愿

还依然是小脚女人

祖父从外乡来，一口木箱

把他的祖籍打包

走孔老二路线，穿街串寨，周游世界

住进村口的石庙，拜个山头，让土地公点头

四书五经开会，秦汉魏晋唐宋元明清

排排坐，齐论道

施耐庵不吃这一套辞官闭门要笔墨

头顶冒青光，肚脐眼生出文房，喝点红酒

拳打恶霸棒打无赖

把梁山好汉都找来，刚好一百〇八

不攀贵，只济贫，专拣狠的欺负

宋江扯掉大旗

"都是和谐社会，犯什么混，趁早下山圈地
李逵武松你们有力气，先去抢些人头地契
二十一世纪最贵是什么？
是地盘，是人气"

司马迁祸从口出
交手足，受榜棰，斩草还除根
报任少卿书，死都不能说，死了也没说
蒲松龄玩穿越鬼套人形
小倩的幽魂精通星象，吸气，整容
在土地公头上点燃七支烛火，对着镜子
换了人生：
素女附在脸上，照飞燕身形打造，弱柳扶了风
财产超过巴寡妇清，腹中还藏了个妖娆才女
卓文君
不给司马相如写情诗，学着贤淑螺祖
蛊惑秦皇汉武，不理朝，不狩猎，填新词
禁止吕氏偷窥，光看眉眼高低
也能一团和气

并无实心的战争
在暮色苍茫的时刻，一群人
把盘着的腿放直，出了庙门就是康庄
三字经和庄稼活，鼓足腹肌，打满鸡血
谁都知道草鸡终有一天变龙凤

酸豆树有些不满

"这年头，都说情比纸薄，把凉快乘够，拍拍屁股走人

还把你的典故也学了去，也不想想是谁在罩着他们"

祖父收起书本，眼和脊背

从土地公腿上移开。月亮穿了白的薄纱裙在等候

嘴唇颤抖，她身上的香水味不是进口的

熏倒玉皇大帝

在太阳残光的威胁里调情

酸豆果替她打望，石墩上的竹篮

织得繁密，不透气，装的全是祖母的声气

"一篮子酸豆叶，能做一个枕头

哪家的女人都省不了心，一个人一辈子就这么个脑袋，糟

　　了践了还能有奔头？"

村口是风口，祖母的话翻了个筋斗

祖父看见时，筋斗在云端里画圈，使守候已久的月亮变得

　　丰满

又把烟缕送给过路的行人

拉直板还是烫爆炸头，全凭女人说了算

穿上龙袍，摆不了太子谱

土地公也赶潮流，磨了腮

变得尖嘴猴腮

语言在时间里生长

祖父将月亮强塞进树梢

白天隐入地下，缠着祖母的长黑发

土地公保媒，祖母脱了寡妇荆衣

石墩上有折射的光彩

酸豆躺着唱颂词，敲锣，打鼓

唢呐里倾注出百鸟朝凤

她新编的竹篮子站起来迎接

开着口，一些曲调趁机溜走

门楣挂上红绸巾，与酸豆树交亲

都是邻里邻居，头头找活路，共饭江湖

月亮憋不住，在门前探头探脑

镜子里的身影模糊不清

大批的人群涌过来，手执绳索，瞳孔发光

火把上还浇了油

祖母刚刚开脸，一掀眉就变了形，遭到野蛮族长的鞭打

"寡妇不夜哭，寡妇不新嫁，你们要死还是要活？他不走

　　就是死！你吊梁，他跳坑，谁都别哼！"

绳索在脚踝上纠结，树顶尖的那只猫头鹰

她悲凉的声音充塞了整个村庄

她一直在哀泣，人群还在发疯

"咕咪，咕咪"，压住黑夜癫狂的口号

唱给受洗的耳朵听

酸豆叶与枯枝丫撇清关系，投奔土地公

在门前跳了一段霓裳舞，围观的古人

探出头来，半个身子藏在书页里，留住记忆

庙里有人在敲键盘

火光堵着门，祖母的影子在愁惨的石磨上雕刻

她的头发被火星点燃

亮成悲愤诗，转而又把那些阴湿的灵魂

碾成黑色的稠液

在老朽的枯树根里重新排队投胎

村里的秋天不安稳

夜晚被抠出无数个洞，养了一窝老鼠

沿着被践踏的脚印

祖父提着被打跛的腿出行

到了明天才能破晓，黑色的黑夜一直会跟到村尽头

路人的器官都没安装好，右眼珠耷拉在左肩膀上

一看乾坤全颠倒，到哪也找不了说法

被烧伤的石墩，一点也不避忌

找了酸豆树包养，一半红脸一半黑脸

祖母的眼睛瞎了，隔着天空

曾经投来漫无目标的微笑

"亲爱的，再见"

不再见。

杨碧薇

杨碧薇，云南昭通人。文学博士，北京大学艺术学博士后。出版诗集《坐在对面的爱情》，散文集《华服》，学术研究集《碧漪或南红：诗与艺术的互阐》。在《南方周末》《汉诗》开设文学与艺术批评专栏，主要研究新诗、摇滚、电影、民谣、摄影等。获《十月》诗歌奖、胡适青年诗集奖、北京诗歌节银向日葵奖、紫蓬新锐诗歌奖。

27 岁俱乐部 [1]

比死更可怕的

是这条射线——

它的永恒，它的不知疲倦，会给你带来

致命的无聊

呼，使小坏的造物主，并不计划将你

轻易终结

他布下灿烂星汉；你，作为尘土

领受尘土的命

庸人的烦恼比你猜想的

提前来临。准确说，它是预料之外

一枚甜酥的鱼雷

它略施恶趣味的特权，就褪下你轻脆的糖衣

你调试琴弦，在空走廊走来走去

鼓起意志的信封，装下香吻、正能量、隐秘的山河

却从没看见过，居住在

自己身上的往者和来者

这样的图景与你的抗争相互拉扯，上演诙谐剧

太虚幻境欢迎你，加州旅馆欢迎你

百合花欢迎你，暖气十足的家欢迎你

只有 27 岁俱乐部，向你关上门

在那里，天才们摔坏的吉他堆成小山 [2]

他们嘶吼的时候，看上去和你

没什么区别

注：

1."27 岁俱乐部"又称"永远的 27 俱乐部"，由一些伟大的摇滚与蓝调音乐家组成，他们去世时均为 27 岁。目前这一阵容成员有布莱恩·琼斯、吉米·亨德里克斯、詹妮丝·乔普林、吉姆·莫里森、科特·柯本、艾米·怀恩豪斯等。

2.摔吉他，是摇滚乐队常见的一种演出方式。

绝望的时刻

她交叉起左右手，轻轻抱着他的头
红色的指甲，温顺地躲藏在他发丝里
喔，黑色的天际，又多了一些银色的流星

"我爱你。"真该死，她忍不住说出这句话
窗帘沉默着。荒原一半暗，一半寂灭
"我也爱你。"他俯在她耳边应答

一场大雨在侵蚀她生命里的火焰
他们再次妥协于美蛇般的词语

陈情

写下这句诗

我在幽暗之中

郁金香浓艳的头对准紧闭的窗口

说好的，要不动声色，要拿捏得体

把我的二十岁，魔鬼训练成繁花散尽的八十岁

我还能不能任性

能不能，把脚趾埋进沙滩

赖在历险记的第一页，等待

将载我走的海盗船

不是所有的美都具备非凡的意义

我矜贵，所以寂寞

在我蜷起的手指间，歌唱和死亡拼了命外溢

这一切，仿佛贺兰山岩画，我相信那儿的石缝中

储满了天空难以消化的十字星

我想让一个圆配得上称为圆

更想劈开它，使自己沉迷在

伟大的梦里。大风吹，我就开阔，我就四面八方
我也想去彼岸的木房子烧火煮咖啡
但完成以上句子时，雾霾还拽着大街的腿

哎，腊八天。小雪花，小雪人，小我
小我踯躅在针尖上
道在太初，道或妖，仙或圣
我只有唯一的选择
别忘了，你的强大也会大雪纷飞

上帝之位

海水倾覆起来，她接近窒息，接近
蓄满了力却一触即发的空虚
她想抓住他的头发，他的手，但也悲哀地明白
缠绕在她指间的，不过是他同样的迷失
同样
无可救药的凋零

她看着天花板。从心里映射出的黑点
侵占房间，聚拢、密集
与暗下去的黄昏，争夺光影的主导权
就是这样的时刻，已成为她生命中
无处不在的副本

在下午六点的地铁站人潮中
在挣脱层层云雾的飞机上
在咖啡厅男人，隔着书架投来的目光里
在化妆镜前，自己华丽的茧内……

但她仍给上帝留了一把椅子
上面落满了灰，她未曾敢靠近

有时她猛然一惊，椅子在光里明暗

上帝从没来坐过，她并不害怕
她害怕的是某一天睁开眼睛
原本摆放椅子的地方，已开遍永不凋谢的蔷薇

山坡

暮光浮在红蜻蜓

散漫的飞翔上

光的重量和蜻蜓的翅膀近于无

整个世界青山辽阔，毫无道理

我看得出神，没注意母亲的唱词

拐了几道弯

我们身旁，胭脂花沸腾的紫红色

把泥土的手心滚得又香又痒

风正在降温

远方，还在向梯田派送伞兵

母亲说：天快黑了，该回家了

我便跟着她往家走

她的大裙摆沿着小路飘啊飘

二十年了

今天的风使劲儿凉，夜空也再不见星星

我终于一点点忆起她裙摆舞动的弧度

那么朴素，那么洁白

阳光铺满窗前

我又闻到了那只鱼跃出深海
扎进云层，翻搅起的蓝色海藻味
在极速摇晃的频率中，射线
滑翔于甜腥与流离的句意

无论怎样，三月是如约到来了
树林里那间堆满灰尘的屋子，该清洗清洗了
一个人，在黄昏的掌上行路
春风浩荡，眼目空阔
意外的温暖随风浮沉
有些被拈走，有些被浪费

彷徨奏

恭喜！在我的黄金时代
我迎头撞上的，是猝不及防的冰川纪
瞧，沉默的山河一如既往
如含饴糖，将万物之命门抵在
牙床和舌尖中间
小隐隐于尘埃，大隐无处隐
我的虎爪在琴键上砸着凌乱的空音

我爱飞机，我爱船

我爱飞机，我爱船

我爱镶在远方帽檐上的，每一粒水钻

我爱你故乡的木瓜树

生气时皱起来的粗眉毛

爱亚马逊部落永不重复的纹面

还爱暮晚的手鼓声

它们用清贫的节日送走又一个白天

我爱手枪黑色的皮衣

更爱它体内含着泪水永久罢工的子弹

爱总在烧烤摊记账喝酒的吉他手

更准确说，是爱他那双对琴弦满怀情意的手

现在，我开始爱不可调和的侧面

爱参差不齐的痛苦

爱我们身上消失的往者、合法的情人、潜在的叛徒

我热爱这一切，不只是为了活下去

我知道，真正的幸福极其缺乏深度

它扁平的通道，会取消我复杂的迟疑

我的热爱，要确保与幸福

所褒奖的一切对立

我爱飞机，我爱船

我爱每一段行程，不可到达的彼岸

我爱它们给我的欲念，给我的炫目和高傲里

深埋的冷清

我爱的这些，都没有价钱

和这首诗一样，对这尘世而言

也无关紧要

北京春天

被严冬紧捂口鼻的婴儿
终于挣过头，舒了一口气
春天，从北京城的耳垂、指尖、腰
从它初醒的脚踝上生出枝蔓
该青的青，该香的香
该嫩的拉住风的衣带，任性地打秋千
杨絮写下第一首自由的诗
樱花把寺院红墙当镜子
蘸上春光涂胭脂
——从车窗内往外看
她一晃而过的侧影是一支
媚得惊心动魄的琴弓
此刻我心口的弦恰好微微一颤

多么久违：天空，幸福，尘世的匕首
多么永恒：绚烂中的悲，深海里的静
因为短暂，北京的春天才倍显珍贵
这些魔幻的生长将魔幻地消失
这些丰富的层次，会很快被削平

惊蛰

你惊讶在我体内
竟有这么多从未现身的虫子
瞬间齐齐振翅
它们伏在早春伤口斑斓的地表下
歌颂我滚动在荒原上的明艳
你陷入我
宇宙拉紧我们的手
一圈又一圈，飞翔在火焰的墙裙边

佳期如斯，我却恍然从人世抽身
凝视你的沉醉和欢喜
我用尽力量颤抖，覆住巨大的悲伤
窗外是辽阔的蔚蓝
而这张床上，我全部的冰块还在闪耀银光

渐次

站在藏经阁围栏边
安福寺的一角房檐正翘指拈起黄昏
它前面几树繁花自顾潋滟
再往前是屋舍铺开
再往前是院落以旷寂对话世界

那院中有隐约风铃声向我拨来
它携手白鸽之缓步、风中之尘埃
于稳健深处发一声空响
当这一切的善意临到围栏外
我扣手直立，体内执念如春色堆积

蔷薇

那时，她还没有立志做一名古都潮女
戴 CHANEL 墨镜，蹬小羊皮猫跟鞋
所到之处尽镀 YSL 黑鸦片香
那时，土地只会素面朝天
花是花，刺是刺，香是自己的香
她一出生，就与万物是好邻居
向它们学习与风缱绻
分享暮色中微粉的眩晕
那时她以为时间，会对初夏的浆果网开一面
而黄金海岸，一步步走，总会在眼前

现在，江山平添浩荡
远方，也不甘示弱地浮显出
潜能里的浑浊
唯有宇宙，依旧在唱疏离的歌
她呢，正把滴着浓艳的怒放投注到
已崩解为负值的沉默里
呵，该换新旗袍啦，又是一年无用之春

蓝梦岛老水手

这一生，我在浪的刀尖上摸爬滚打

将命悬于这滴凛冽的白光

有时尝到的是蜜，有时溅出的是血

经历的风浪多了，曾以为会刻在骨上的细节

竟都轻轻忘记。而每一次出海，仍意味着靠近一次

潜伏的危险。为此，前些年的我

还偶尔烧香祈祷

现在，未知却向我吹来微小的亲近

我惊于这等感悟，也许是我老了

好的坏的，能接受的越多

也就越顺应

莫测的悲或喜

我爱在上午九点钟的码头，向蓝梦岛出发

一离岸，我与船就同时陷入孤独

两种孤独或许并不相通

但还能默契相伴

在船上，我思考了多少年

也就发了多少年的呆

多好呀，远离人杂声喧的城市

面对大海，我才想清楚什么对我最重要
对我而言
人间是一个世界，海是另一个世界
我的生活，就平衡在两个世界的出入之间
我也曾把灯火通明的岸上视为天堂
但真正支撑我不跌倒的，还是那片
蔚蓝的向往。

今天，有一位中国姑娘独坐在船尾上
我操起许久不用的国语告诉她
我的祖上来自福建
我没去过中国，现在老了，也没打算要去
她问：您觉得自己像印尼人多一点呢
还是像中国人多？
这个问题我没想过，我沉思片刻，回答说
我是海上人
海在哪里，哪里就是我的家

快到蓝梦岛了，满船乘客激动得尖叫
透明发蓝的海水，是地球养在浩瀚玻璃里
一缸纯净的梦
多少次，我也曾一个人潜入这缸梦中
与珊瑚、扇贝、五彩的热带鱼同俦
同享穿过海面的阳光。
阳光在水里，比在水上温柔

四围无声，呼出的水泡像一串串新摘的葡萄
每每那种时刻，我感觉自己
离岸上的世界很远，离真实的奥妙很近

船靠岸了，我站在细白的沙滩上，向乘客们挥手
在蓝梦岛，他们将收到印度洋更多的馈赠
而我始终坚信，海上有另外的国度
它和我捉了一辈子的迷藏
在所剩无多的余生里，我也难以找到
但它永远在那儿，发着光

对那光芒的想象，已足够安慰我的心
让我热泪盈眶

赵晓辉

赵晓辉，祖籍山东胶州，生于甘肃兰州。毕业于北京师范大学中文系，文学博士。现为北方工业大学中文系副教授。写文章和诗。

古镜记

你来自何年何月？这似乎是个永恒的谜
如今我废弃如空址，而你却隐遁形迹
自称灵物，兀自夜奔向我，如飞鸟投林
该怎样勾勒呢？你有着火焰与水波的质地
我不明奥义，却如凉风有信，夜夜看你
挥霍那婆娑的舞姿。我也曾以虚空反复

摩挲你那美丽而繁复的纹饰，并看那些
绮靡的铭文如何承接清露，一点点没入
影子的冥想，像是一个被牢牢钉进夜晚
星相中的典故：久为人形，阅人多矣
早已羞于提及那前生的形象。你的固执
便是他人的梦魇，我的惊喜。君莫舞

且看今夕何夕？多少云屏掩去了濩落生涯
而我甚是疑惑：这徒劳而美丽的纹饰
它们蹲伏于镜壁周围，仿佛窥伺一个
芬芳的深渊，里面映现出沉沉的药与火
却已练就了更深的胁迫：是就此坐进
这更深的镜中，成为镜子的一部分

如虚无荷叶般迎举更敏感纤细的照耀
还是在浩渺的镜外逍遥，蹉跎，容与
与那神秘之光相克相生？我不明奥义
却从未离去，从未丧失对镜子的钟情
岁祀悠远，河图寂寥。有时，你命我
端坐如一幅仕女图。我却质疑你的光线

日渐菲薄。我欣悦时，镜子会于匣中
歌唱，吐光，盈照一室。我戚然不乐时
镜子亦昏昧沉沉。那些被你照出真实
形迹的白猿、绿龟、鼠首，善舞的歌女
不过是些虚拟的云路，以及纸上烟霞
早已不能满足你永不疲乏的祛魅之心

世情如毁，而今何意？我们兀自沉湎于
古老的游戏：奔月，乘龙，飞霜，秉烛以及
相对坐调筝。浑然不觉那流光中的罅隙
已耗尽了所有的白驹。我早已谙习如何与你
化敌为友的艺术：你却一再命我心如戥秤
痛定思痛：临镜之人早已死于这无尽的循环

初夏小园

好吧。让我接受这日渐折减的春光
在南风吹拂的石榴树下清点厌倦的眼睛
以及调校内心可能的琴弦。树木正试验
她的新叶，陌生的事物正陆续涌入——
很快，它们将用另一种绿光转动阴翳
用淑气催动鸟群。而有人在檐下轻语：
"这自上而下的流光最难掇取……"
还有湖面那无数精确而葳蕤的小涟漪
需要更多的浮萍来锁住更深的荡漾？
一次又一次的登高与凝眸，已赋予
流水更丰富的灵性。而在湖水的另一面
孩子们正努力保持队形，盘踞的茂林修竹
不肯离去，但已不可能有更新的格局
来改变这旧园林的俗套与陈腐
还好，来自傍晚的一场细雨
清空了郁积已久的云朵，以及
陌上清尘。你却没有镜子，看不清
那重重帘幕后的深心。而通向高处的楼梯
正一点点被拆去，只留下蜗牛的印迹

织锦记

乱蛩吟壁。这细密编织的声音让她感到
一阵惊慌。踉跄间滑入季节深处的迷宫与镜子
道路迢递，却年久失修，斑驳如脱落粉灰的
羽翼。混杂了迷雾、霰雪与流光，在二裂叶般
枯萎的肺中蔓延。河流减弱自己以适应平凡
不远处，水面与折返的镜中之光在交换渐冷的

秘密。像影子寄身于黑夜，这蜃景也蛰居于
寂静中。虽徒劳无用，却承受了反复的凝视
她预感到，那些如胖蜗牛般的婴儿将滑出
季节的庭院。它们栉风沐雨，茁壮成长
将吃下更多的迷雾、霰雪与流光。秋雨过后
树叶如光斑落下，心事幽微，身体轻小无语

情感却转成赘疣。"究竟为什么，"她翻开一首
蒙尘的诗——"那一再延迟的美好时代使我们
陷入虚无？"而作者，一位十三世纪的词人
惯于在绣帷上勾勒往事，用丝线织锦，并使
这脱缰的美丽变得可以控制。"十载西湖
春宽梦窄"，沿着败荷零落的溪津上溯

她看到，这语言的织物，词人手中内旋的丝线
引领朱颜辞别镜子，迷宫衍生更多的迷宫
待重新寻觅时，又被覆盖在女子溏漫的面容
之上。这通过追忆，或更富于暗示的梦境
也无法复现的面容，如银瓶落井，多年以后
当她回到窗前，看到这形象已镌入金色屏风

或被织入乱蛩之音。流霜细碎，紊乱她的
掌纹，寄居其间的道路荷叶般无知。怎样解释
这种冥顽？迢递而上的迷宫与镜子在折返
蜗牛般的婴儿已经入睡。这语言的织锦
深婉密丽，被框入往事的琐窗，帷帐一样被
悬挂在惝惝庭院，或藏匿在内旋的丝线之间

离魂记

夜晚，一小股蓝色纤尘，迎面惊醒我
彗星云图般溜进罅隙，使空间游弋
如灵风未满的旗子。私语的情侣已经睡去
明月照见了一些影子，它们亲切如衣襟

低声索唤万物真实的认领。你，黑面如漆
长久飘在虚空之外，总是来得太迟
身上带着突兀的气味，但还是令落霞惊喜
此前我已触摸了无数虚空云朵，浩渺屏风

所有锁芯都是无辜的，它们跌宕的韵脚
在密室之门里跃动，毋宁说是一种踉跄
以及持续的失血。而句子，越急于表达歧义
其象征也愈益真实。在完成它们之前

你是怎样厌弃一切，又被一切厌弃
此去经年，那些句列迷楼般迂回于
白山黑水，像是在雨中洗漱的女人
在黑云订牢的镜子里练习把粗眉画细

又在暮春雨夜含芳归来，旋即凋敝
其实，无须用力注视，此地故事尽是奇观
人们争相来到加密的腹地，健忘的海边
在镜中观察衰老。这隐秘的旧疾，像舷窗

也像明月，根本就是一种挖苦。你说起
体内盘亘的寺庙，过分的明亮让它无所适从
好吧，其实犹豫比厌倦更谦卑，繁茂星丛
簇拥着诗韵尘埃般拂动，召集虚空之盐与亡灵

小游仙·其一

只有刻意地冥搜，重新审视兔子洞里的乾坤
才能勉强辨识他们的谱系：这些白胡子长者
他们骑白鹿，持灵芝，绝似六道轮回的厌世者
被稀薄的天光倾泻至此，脸上的阴翳加深了

幻觉：云端上的孙猴子，迷失在取经途中
膝盖磨成轮子，看见大地流火，七窍生烟
荒野猿人冠缨而立，它们腮骨太方，手臂又太长
径直把火场、毒地、长蛇套在一些人脖子上

扬长而去。有时，他们也在众生错愕的黑洞里
自我教育：凌空洒下口谕与旗子，培植空心乌贼
控制未来玄机，彻夜挖坑，饕餮，焚书，无端发笑
使人丧失说话能力。苦脸仙女们在轮转的风水

以及月亮布景中不断下坠，与地面蜥蜴国的
残山剩水毫无二致，或者也像星汉浮槎的
偷渡客，努力辨识彗星光年里预示的未来图景
"一切事物都会再现！"如晦朔循环，月盈见魄

这些轮回的厌世者，一路被迤逦云路接送到今天
他们凌空而降，一洗人间颓废气象，息息永无定形
砥砺火山，添砖加瓦，反狱的绝叫刀片一样锐利
而这声音却被捆绑起来，镜头也被史册永久删去

小游仙·其二

许多典故纷纷垂落。在笔意纵横的题壁处
你的前生，不过是涣漫的墨迹，被夕阳返照
物色般来访。众人纷纷赞美它瘦硬老劲的笔力
你却觉得那只是匮乏的象征。犹如无定河边的

一段枯骨，逆旅而上，被随之而来的梦境
轻轻衔住，徒然带来艳情的细肩颈
密丽的小耳朵。那帘幕后的惺忪云朵
怎样被惊风吹散？飞蛾取暖的刹那

连缱绻也变成了禁忌，你孤悬半空
迷惑于事物之间神秘的感应：东风忽至
酒杯满溢。月亮盈缺，锦绣走向灰烬之途
水云，烟火，宇宙将它们织成迟疑的云霓

好吧，只要云还在，雨水就不算太迟
嫩蕊细语商量，在层层的闪电中腾挪
幽闭的小神仙，在新绿雾霭中蹀躞舒卷
全能视角逐渐开启，衍生出更多时差，逝水

与楼台，令一切地平线下降。你言不及义
在氤氲的衣襟与唇齿之间，变得细小
如两滴盘旋的清泪。漫长的注视令人虚胖
还好，在蜉蝣人间，众人仍享有阴翳与疏离

小神游

"藤萝系甲，可春可秋？"此地空气太咸，欲轻逸
而不得。硬纸壳般站在盆景的街衢，还将继续
忍受坚韧、卓绝、勤奋的人们。飞鸟一天天老去
将飞往箕尾之山，其音若呵，佩之不惑。不可知的

月食每天都要亡己千次，外加斋戒，断食，静坐
冥想，仅能获得微小异空间能量，智者发明的
幻术太过凛冽，只通过星相昭示虚无，我早已放弃了
人间喜剧。每天都要钻入故纸堆里探嗅旧时代的

温暖尸身，不为金精，而为朽壤，只招来一阵呛人
剪纸和金属霜花，也似薄雾中的煤灰，只为表达
冰冷灰烬。唉，请勿亵渎这仅有的窗户，以及风中之风
水中之水，镜中之镜，它会向你传递令人心悸的元音

并次第打开病房、肖像、水波。只有不断熄灭
自己，习得羚羊挂角的技能，才能适应此地之寒
明月皎皎，万川映月，荒野猿人愉快地"作恶"
失明的燕子去了哪里？渭城已远，空杯里回音渐弱

拾遗记

许多年以后，所有的镜子都被照遍，随乌云
纷落摇溶，折戟般废弃在沙漠里，发出叹息
在磨洗中，它浑身铸铁般醒来，忆起前朝旧事
它是《拾遗记》？《海山记》？还是《迷楼记》？《开河记》？
抑或《南部烟花录》？且随混沌之手回到卷轴初次
打开的时刻：那时你刚刚从乌有中脱身，撇开

阴影与群像，畅游木兰庭，看见殿壁上《广陵图》
正发出约请的手势：丝绸，盆景，园林，瓷器
月光，迷楼……无一不是来自南方的渊薮之邀
却唤起你迷失的渴望。霏霏烟气再现了神仙世界
而被诗词滋养过的壁鱼，已幻作越溪绫罗，织丝
为裳，她衣袂轻飏，你色荒愈炽，却像是第一次

拥有选择裁决的自由。春风骀荡中，举国上下细裁
宫锦，这织锦一半做了障泥板，另一半则制成船帆
随百变龙舟驶向繁华终点。你心如乱丝，只惦记
那骁冶多态的女子，这暂若寻常之美，如东海浮沤
是华室，也是茅茨，可以疗饥，栖迟？而美总是
需要纤秾合度。那溢出的部分，先为黑洞，后来

则成了史书与墓志上的瑕疵。梦与酒都销魂蚀骨
追悔何用？我不过把日子过成了镜子的反面
却仍听见亡灵们乱箭般的呵斥。"够了！安能悒悒
度过此生？若此，虽寿千万岁，将何用也？我将
再次回到乌有之镜，奈何黯黯愁骨，绵绵病成
而探春尽是伤离意绪：那些杨花飞往何处去了？

恍惚间听得宫女来报：李树一夕忽长，横荫数亩
好吧，杨谢李荣，拆朕为渊，王气已成骸骨之渊
幽冥中，我将克服羞怯，在变幻莫测的水波里
向你预言，大声打断这沉水逐烟的游戏，以及
感鬼动神的宴乐，让你看清，在梦境未抵之前
整个航队何其厌世。在可笑的布景间，流水将

重现昔日繁华，你梦见雪花本无蒂，冰镜亦无台
残忍却即将来临，并与南朝皇帝的影子冥然一体
你还将邀请那眉目相识的女子歌舞一曲，她在下雪
那时她刚得了一支五色彩笔，在光滑的小红绢上
应答璧月之诗。只是诗意未竟，便看见万千士兵
执戟而入。而玉玺终将落入额骨隆起的人手中

直至今天，这舟楫，河流，歌舞，又何尝不是
幻术，欲将你摆渡到另一地，好比雀稚入海而变
金丹鼎中九转，你很乐意地在终场缢紧的幻觉中

自我消逝，再次梦见江南之好，心仪之人颜色依旧

多年以后，当你被他人梦见，便是再次转醒之时

午醉醒来愁未醒，四下里悄无一人，唉，他生未卜

此生已休。唯有夕阳颇有情感，傍近小窗为你相照

初入朔州逢清明

朔州芳树，灞岸垂杨，经过这行乐之处
无知无觉间，你已虚度了两京之春。可怜
清明与寒食，这冷感的幽暗之光一直陪伴你：
既像离散的元音，也似怵惕的飞鸟，无端令人
怀疑它们来自另一个世界？整个晚上
你都在与那些看不见的人交谈。不远处
郊原纷绮，山脉透迤，一似言语之迷楼
能否将逐渐变灰的事物唤醒？走吧，这霾中
风景又何尝不是暗示：草掩人踪，尘迷鸟迹
被幽冥雨水打湿的，岂止万川映月里的城阙，
镜子，幽襟，以及暗期不至的亡灵。行走中
你有些恍惚：为何云路如此真切，松溪却含有
万籁的虚无？在思念与恐惧之间，你一次次
唤醒他们，那边界其实并不存在，清晰如
蹩脚标语。纵有鸑鷟之客，清词丽句
却难陈安息者的心迹：他的手指在玻璃上
写下无名之句，他从陌生的墓地走向异地。而你只是
看到水滴开始成形，远方车骑簇拥行尘滚滚而来

步出校北门取快递有感

三春已尽，一夜无眠，衣裳却犹疑未干
地气悄然传递不可言传之暖，即使紧随其后
也只看到阳光瞬间晒旧了花枝、阶墀与所思
当你穿过无名的练歌者，青草上液态镜子

纷纭垂落。潮湿口袋里自惜袖短，内手知寒
迎面而来的学生有些迟疑地喊道：老师——
而你倦于被点名，惯以端庄抑制羞怯感
在论文与写诗之间，遣送无憀，也流走了韶光

粉嘴的女生们青裙似草，年年如定，而你仍似
失明的隐士，漆灯夜照，西园碧树今谁主？
沿青紫芳枝上溯，栖息，执意让幽冥之音
重显姓名：韵脚深处，是诗经盐，还是楚辞脸？

你沉吟未决，却一再让缺席的姓名耗尽了热情
罢了，良辰未必有佳期，此事古难全。毓秀园前
青年孔雀遍布春风广场，中年袋鼠抱持幼小袋鼠
女神（经）生涯原是梦？摄取梦境，却总是遇见

油漆未干。有时，你也徜徉在旧诗词带来的氧气中
那幽闭琐窗酿就了完整的静穆，却被目为不合时宜的
新型气功？岁岁年年，迷途纸页弥散在冰冷霜天里
鹤唳云垂之后，空庭细雨似轻埃，一片冰心都付与了

空阶榆荚，恼人飞絮，以及颇有经验的催促：
"如不来取，马上就走！"你快步走过一教楼前
大佬授课，燕子衔泥，挖掘机作业。有人滑板车
有人太极拳——校园美学流变纷呈，过敏性鼻炎

日益严峻。喷嚏未了，隐喻参差，未竟之诗
在虚空中拥抱你，这难得的轻逸，始于玉兰
花雪和尘落，止于自恋式疑惑：或许她自有仙才
自不知？"十年长梦采华芝"：流水般的知人论世

与清谈妄见、词笔文心，混合着修辞诚恳的锻造
委实令人目眩神迷：风光冉冉，柳丝醉软，却惭无华章
如初习滑冰者，你追逐事实，却失去重力，何事苦淹留
且暂隐于小园？忍看文华锦绣成为此间最虚无的装饰

歧路行

雾气悬浮，幽光掩映，她听见窗外
有人咿呀轻语："伊洛有歧路
歧路交朱轮。"人们三五成群
喧闹熙攘，正奔赴新的幻影与声响

在暗中，他们感到一股无名之力
正不断束紧，但却没有共同的神祇
可供仰望。道路迢递，幽闭于暗室
这些奇异的手足，坐立不安，拒绝深思

有时也沆瀣一气，或相互反目
谙习假唱之道与序列之谜
努力参与尘埃与闪电的瞬间
而对于更大的灾难和震骇，唯一能做的

只是袖手观赏，何况纷繁的事物与名字
也早已景观化。因此，耽溺也即逃离
"浮生若梦，何妨一梦到底"，这才子腔的叹息
让你愤怒。怎样的因果关系，以音节传递羞耻感

当你写完又一首梦境之诗？这些徒劳的手指
总在废弃虚址里，看见南方有嘉木
凄然缀满末世辞藻，妆台，鸾镜，繁花
徒然交换流年与修辞，那有关宫廷的诗词

仿佛帝国虚空驼背的饰物，你读了又读
试图把握声律与辞采之美，提炼一种
沉缓优雅的诗意，树先生却伐木丁丁
求其友声，不断提议互动，并将同时代人

搞成同一伙人。仿佛河伯欣然自喜
飞蝇附于骥尾，"奇葩总是成伙出现！"
你叹息不已，心意如铁，抱定疏离之心
仔细思索描摹困境的言辞，但又试图

保持感知万物的敏感之心。然而人之链
早已碎裂，迥立之诗无异于深秋旷野之树
沿途的碑铭，雾气中的致意很快中断
请撑开伞，俟我于城隅，你感到了雪意

而行走也不过是个偶然事件，谁会注意
言辞的罅隙，以及梦中僵坠的蝴蝶？
须臾雷去，陌生门闼如故，此地仙人们
忙于密传修养运气之术，而美即孤绝

今日何日兮，你又一次扒开暮气沉沉的瓦砾
寻找尚存余温的种子，仿佛源自疾病延年的馈赠
你幻想被他人梦见，仿佛又一次开启
重生模式——看见古寺迷乱于夕阳

星光遁入空濛，缁衣者的足迹不过是经年沉疴
重现于陌生的异地，你，隐秘的注视之后——
却从未有任何及物的渴望——即将到来的歧路
却在暗中用力布满石子。沿途写下的诗句

将承受言不及义的指责，从未有
古典时代适宜的母题来概述它们
吟哦之声像是陌生的闯入，野有蔓草
零露泞兮，暮色与远山交织在密雪的歧义里